열여덟의 해방일지

열여덟의 해방일지

초 판 1쇄 2025년 04월 23일

지은이 김개영
펴낸이 류종렬

펴낸곳 미다스북스
본부장 임종익
편집장 이다경, 김가영
디자인 임인영, 윤가희
책임진행 이예나, 김요섭, 안채원, 김은진, 장민주

등록 2001년 3월 21일 제2001-000040호
주소 서울시 마포구 양화로 133 서교타워 711호
전화 02) 322-7802~3
팩스 02) 6007-1845
블로그 http://blog.naver.com/midasbooks
전자주소 midasbooks@hanmail.net
페이스북 https://www.facebook.com/midasbooks425
인스타그램 https://www.instagram.com/midasbooks

© 김개영, 미다스북스 2025, *Printed in Korea*.

ISBN 979-11-7355-195-6 03810

값 18,500원

※ 파본은 본사나 구입하신 서점에서 교환해드립니다.
※ 이 책에 실린 모든 콘텐츠는 미다스북스가 저작권자와의 계약에 따라 발행한 것이므로 인용하시거나 참고하실 경우 반드시 본사의 허락을 받으셔야 합니다.
※ 본 저서는 2024학년도 국립목포대학교 교내연구비 지원에 의하여 연구되었음.

미다스북스는 다음세대에게 필요한 지혜와 교양을 생각합니다.

바람의 속삭임

○
1부

1. 고요한 연못, 개구리 풍덩	011
2. 신나는 오후	028
3. 빵집 대신 시집	054
4. 영혼의 생명수	067
5. 조지기의 '교정' 교육	081
6. 곡선의 말들	100
7. 악보 없는 연주, 카덴차	113
8. 여고 행동의 날	127

○
2부

1. 낭만 고양이	145
2. 누구에게나 시적 순간은 있다	158
3. 석양에 비친 푸른 멍	169
4. 우리는 공처럼 구르고 굴렀어	189
5. 남고 행동의 날	206
6. 꿈★은 이루어진다	219
7. 거인 어깨 위에 올라탄 난쟁이	237
8. 모두가 별의 순간	254

바람의 속삭임

　미시령 터널을 통과하면 바다가 보인다. 눈이 많이 오는 고장이라서, 어느 유명 소설의 첫 구절처럼 온통 하얀 눈의 나라가 펼쳐지기도 했다. 그럴 때면 설원 너머 바다는 더욱 짙은 코발트색을 띠곤 했다. 바다를 끼고 있는 도시의 양 옆으로는 두 개의 큰 호수가 있다. 영랑호와 청초호였다. 멀리서 보면 그 둘은 눈 큰 짐승의 눈망울처럼 영롱하게 빛난다.

　연꽃을 만나러 가는 바람같이 매년 나는 '바람소리'를 만나러 간다. 바람소리는 고교 문학 동아리로 나의 10대 시절을 온전히 표현해주는 낱말이기도 했다. 한 시인이 자신의 젊은 날을 키운

것의 8할이 바람이라고 했던가. 그 시 구절은 어쩌면 내게도 똑같이 해당하는 말이었다. 그들을 만나러 가는 것은 20여 년 전, 10대의 나로 돌아가는 일이다.

내 손에는 초대장이 쥐어져 있었다. 표지 앞면에 '바람의 속삭임'이라는 행사 타이틀을 달았다. 뒷면에는 익숙한 문구가 새겨져 있었다.

> 여러분은 바람이며 그 아들딸들이다. 10년 뒤에는 백여 명, 20년 후에는 몇백 명의 바람이 태어나 전국을 휩쓸고 불어갈 것이다. 모든 물이 하나로 이어져 있듯이 바람도 하나다. 모든 바람은 한 몸이다. 그리고 그 중심은 여기다.

이제는 고인이 된, 지역 유명 시인의 축사 중 일부였다. 바람의 아들딸이 되어 전국으로 불어갈 거라는 예언은 아마도 사실일 것이다. 모두가 시인이 되지는 못했더라도, 적어도 이 세계의 매 순간이 시적 순간으로 바뀔 수 있다는 사실을 가슴속에 품은 존재가 되어 있을 테니 말이다.

창밖으로 울산 바위가 거대한 병풍처럼 펼쳐지고 있었다. 그 아래 저수지도 눈에 들어왔다. 미시령 정상에서 보면 반원형의 그 저수지는 영랑호와 청초호 중간 아래에 있다. 그 모두를 조합하면 바다를 하늘처럼 이고서 환하게 웃고 있는 얼굴 모습이 된다. 초등학생 그림에서 흔히 볼 수 있는 무구한 표정이 나타나는 것이다. 벌써부터 엉덩이가 들썩였다. 고속버스는 미끄러지듯 저 산허리를 내려가 나를 데려다 놓을 것이다. 이 나라 누구든 별의 순간을 맛보았던 2002년, 시 공화국 B612 바람소리로.

1부

1

고요한 연못, 개구리 풍덩

"헤이 갠따로!"

뽀다구 성식이가 내 노트를 채가며 외쳤다. 내 별명은 어느샌가 갠따로가 되어 있었다. '걔는 따로 논다'라는 뜻이었다. 뜻만 보면 그리 나쁘지 않은 별명이다. 남들 공부할 때 시를 읽고 남들 게임이나 할 때 시를 썼으며 남들 여자애들 꽁무니를 쫓아다닐 때 나는 시작 노트를 품고 다녔으니 말이다. 그런데 문제는 아이들이 나를 문학 소년이 아니라 변태로 취급한다는 것이다.

일본 애니메이션 캐릭터 중에 겐타로라는 변태 주인공이 있었는데 섹시한 여자만 보면 코피를 쏟는 놈이었다. 심지어 그가 코피를 잘못 쏟으면 지구가 멸망했다. 겐타로만이 가지고 있는 파워 에너지가 온 태양계에 퍼져 궤도에서 이탈한 소행성들이 지구로 마구 떨어지기 때문이다.

한마디로 야한 생각을 품으면 지구가 망한다는 황당한 얘기였다. 다행히도 겐타로는 시공간을 조절하는 힘이 있어서 지구가 망할 때마다 원상태로 되돌려 놓곤 했다. 그 탓에 겐타로가 코피를 흘릴 때마다 육십억의 인류가 죽었다 살아나기를 반복했다. 그야말로 변태 같은 애니메이션이었다. 문제는 내가 그런 삼류 만화의 주인공과 동격으로 취급된다는 거였다.

어찌 보면 요즘 세상에 시를 쓰는 고딩이 있다는 건 충분히 변태로 취급받을 만한 일인지도 몰랐다. 더구나 월드컵 열기가 채 가시지 않은 때였다. 입시 지상주의 영랑고에서도 한국팀의 경기가 있는 날만큼은 체육관에 모여 대형 스크린으로 축구 경기를 봤다. 그 열기는 지구라도 날려버릴 기세였다. 학생과 교사 들이 하나가 되어 대한민국을 외쳤다. 골이라도 들어가면 짐승 같은 소리를 내며 부둥켜 울고 나자빠졌다.

녀석들은 쉬는 시간마다 볼을 차고 전날 열렸던 경기를 복기하거나 앞으로 열릴 경기의 승패를 점쳤다. 고3 선배들은 다들 대학은 물 건너갔다고 푸념했으나 얼굴은 늘 상기되어 있었다.

"진화가 덜 되었다는 증거야. 공만 보면 사족을 못 쓰는 개나 고양이 정도랄까?"

뽀다구의 말이었다. 녀석이 축구만 보면 투덜대는 이유는 어렸을 적 무릎을 다쳐서 공을 찰 수 없기 때문이었다. 축구하자는 말을 극도로 싫어했고 보는 것도 질색했다. 무릇 지성인은 공보다도 책을 가까이해야 한다며 근엄한 표정을 지었다. 한국이 4강을 확정하는 순간, 눈물 흘리던 모습을 내게 들키기는 했지만. 하여튼 짐승이라도 좋았다. 교사나 학생이나, 공부 잘하는 녀석들이나 그렇지 못한 애들이나 그때만큼은 성적을 입에 올리지는 않았으니까. 짐승이 아니라 오히려 진짜 인간의 모습을 하고 있었다.

무엇보다 붉은 악마의 캐치프레이즈인 '꿈★은 이루어진다'가 모두의 가슴 속에 깊이 박혔다. 그 평범하다 못해 심심하기까지 한 문장이 새삼 특별해진다는 것이 신기했다. 다들 잊고 사는 꿈을 돌아봤기 때문일까? 아니면 진짜 꿈이 무엇인지 깨달았기 때문일까?

물론 나에게 꿈을 묻는다면 당연히 시였다. 프루스트라는 시인이 말하지 않았는가. 남들이 가지 않는 길을 가는 것이 의미 있는 삶이라고. 내가 존경하는 이우영 시인의 말에 의하면 시는 한때 잘 닦여 있던, 사람들의 왕래가 잦은 길이었다. 이 시인이 고교 시절을 보냈던 80년대만 하더라도 문학 서클은 학생들에게 인기 있는 동아리 중의 하나였다고 한다. 웬만하면 시 두어 개는 노래처럼 외우고 다녔고 연애편지를 쓸 때도 시는 단골 메뉴라고 했다. 문학 서클에서 만난 커플만큼 낭만적인 경우는 없었단다.

하지만 지금 시를 쓴다는 것은 4차원적 인간에게나 가능한 것이 되었다. 하긴 나도 시를 만나기 전에는 독서실 대신 피시방에 가는 것이 유일한 낙이었다. 지금은 그런 시절이 있었는가 싶을 정도로 피시방 출입을 딱 끊었지만. 그런데도 변태 취급까지 받는 거는 억울했다. 시를 쓰다 코피를 쏟을지언정 여자 때문은 진짜 아니지 않은가?

굳이 말하자면 나는 여자애들을 기피하는 쪽에 속했다. 여자들은 도무지 상대하기 힘든 종족이었다. 속마음과 행동을 예측할 수 없을뿐더러, 기본적으로 뭔 말을 하든 일단 나 같은 남자애는 깔아뭉개고 시작하는 것이 취미였다. 할머니 말을 빌리자면, 삐쭉하면 빼쭉하고 빼쭉하면 삐쭉하는 습성을 가졌다. 어디로 튈지 몰라 말할 때마다 진땀을 뺐다.

며칠 전 서클 모임에서 유라와 나래를 만났을 때도 그랬다. 뭔가 보여줄 게 있어서 나는 "유라 컴온!"하고 외쳤다. 분위기가 싸

늘한 것 같아 고개를 들어보니 유라와 나래 모두 얼굴이 붉어져 있었다. 유라는 재수 없다는 듯이, 나래는 어이없다는 듯이 나를 쳐다봤다. 이유인즉슨 내 말투며 단어 선택이 친구 이상으로 지나치게 친밀하다는 거였다.

유라는 서울에서 내려온 지 얼마 안 되는 아이라 뭐 이해할 수도 있었지만 나래는 조금 달랐다. 태어날 때부터 한동네에서 살아서 남매나 다름없는 사이였다. 유라에게 친밀하게 굴든 말든 자기가 무슨 상관이란 말인가?

"내야, 너는 그렇게 투명한 마음을 가지고서도 무엇이 부끄러워 자꾸만 자꾸만 아래로 흘러가느냐."

뽀다구가 칠판 앞에서 내 시작 노트에 적힌 시를 읽었다. 공부하다 말고 몇몇 아이들이 킥킥대고 웃었다. 온몸이 테스토스테론 덩어리인 너희가 내 시의 참 의미를 알기나 하겠냐? 하지만 누군가가 내 시를 읽어주는 것이 나쁘지는 않았다. 오히려 은밀한 쾌감을 느꼈다. 그것은 나르시시즘에 불과하며 일종의 노출증이라고 뽀다구는 말했으나 나는 무시했다.

놈이 어떻게 알겠는가? 그 시는 재수 없게도 지구, 그것도 시가 사라져 가고 있는 '천민자본주의'의 나라에 떨어진 행성 B612의 열렬한 시민이 쓴 생명의 언어라는 것을. 지구인들은 B612에는 어린 왕자만이 고독하게 살아가고 있다고 믿는다. 하지만 어린 왕자는 그 행성의 시민들을 상징하는 존재일 뿐이다. 시의 세계 속에서 살아가는 사람들은 모두 어린 왕자라 할 수 있다.

외로움은 견디는 것이지만 고독은 즐기는 것이라고 했던가. 그곳의 시민들은 모두가 고독을 즐길 줄 아는 시인이며 그 자체로 시였다. 어쩌다 나는 그 세계에서 우연히, 이를테면 웜홀 같은 곳에 빨려 들어가 하필이면 시가 천대받는 이 세계로 내팽개쳐진 존재였다. 뽀다구가 읊은 「내(川)」라는 시는 다음과 같았다.

내야
너는 그렇게 투명한 마음을 가지고서도
무엇이 부끄러워
자꾸만 자꾸만 아래로 흘러가느냐.

이른 새벽
풀꽃들의 발을 적시며
조약돌의 얼굴을 씻으며
저 산꼭대기 꼭대기로부터
쉼 없이 아침을 깨워온 너의

그 맑은 마음에 내 모습을 비추면

아무 말도 못 하고

애꿎은 네 마음만 휘젓는다

내야

하늘을 마주하고 흐르는 내야

세상은 하늘에서 날로 멀어지는데

너는 끊임없이 하늘을 닮아가는구나.

'내'는 시를 의미했다. 끊임없이 맑게 흘러가는 내야말로 어쩌면 우리의 마음속에 흐르는 시심(詩心)일지도 몰랐다. 자기 안에 흐르는 시심에 한 번쯤 제 모습을 비춰보면 다들 행성 B612의 열렬한 시민이었다는 사실을 기억해낼 것이다.

"우웩, 오글거려!"

누군가 입을 막는 시늉을 했다. 아이들이 그 과장된 몸짓에 웃음을 터트렸다.

"인마들아, 니들이 시 맛을 알어?"

뽀다구가 썩소를 지으며 말했다. 요즘 유행하는 광고 멘트를 빌려 한마디 날린 것이다.

"이런 걸 부끄러움의 미학이라고 하는 거야, 응? 윤동주가 형님 하며 지하에서 올라올 만한 시라는 말씀이야."

역시, 내 시를 알아봐 주는 이는 뽀다구밖에 없었다. 뽀다구는 나의 단짝 친구였다. 공부는 못 하는 편이었지만 닥치는 대로 책을 읽고 웹서핑으로 정보를 찾아 헤매는 놈이라 그야말로 '걸어 다니는 백과사전'이었다. 하지만 문제는 독서도 그렇고 인터넷 서핑도 그렇고 도무지 맥락이 없다는 것이다. 『퇴마록』에 빠져 있다 싶으면 어느 날은 도스토옙스키를 읽는 식이었고, 음란물을 찾아 모으는가 싶으면 지식iN에 온갖 답변을 달았다. 잡다한 모임에 들어가 단체 채팅으로 밤을 새우다가도 카페지기를 하며 날마다 새로운 게시물을 올렸다. '뽀대'만 날 뿐 '싸다구' 맞기 쉬운 놈이라 해서 별명이 '뽀다구'가 되었다.

하지만 녀석은 내가 만든 시 공화국의 첫 시민이 되었다. 그 공화국의 이름은 '바람소리'였다. 시 공화국의 시민이 되려면 물론 시를 써야 했다. 직접 쓴 시 한 편만 있으면 그것이 곧 시민증이었다. 놈은 시 따위는 도무지 시시하고 시답잖을뿐더러 시원찮은 거라며 바람소리 시민이 되는 것을 완강히 거부했다. 하지만 결국 뽀다구는 고집을 꺾었는데 시를 사랑하는, 녀석의 부모님 덕분이었다. 그분들은 뽀다구가 시 쓰는 것을 적극 지지했다. 성적은 오를 기미가 보이지 않으니 차라리 얌전히 시나 쓰는 것이 나을 거로 생각했는지 몰랐다. 더구나 휴대전화를 사줄 정도로 넉넉한 집이기도 했다.

나는 늦가을의 햇살이 빛나고 있는 호수를 바라봤다. 학교 운동장 너머에는 영랑호가 드넓게 펼쳐져 있었다. 호안으로 버드나무가 촘촘히 심어진, 맑고 한적한 호수였다. 가끔 은어가 튀어 올랐고 겨울이면 고니며 청둥오리, 가창오리 떼가 한 계절을 묵었다. 그곳은 옛 신라 화랑이었던 영랑이 금강산 유람을 갔다 오다가 경치에 반해 눌러앉았다는 이야기를 품고 있었다. 우리 학교 이름이 영랑고등학교인 이유도 그 때문이었다. '명랑한 영랑인'이라는 촌스런 문구가 교문을 장식하고 있기는 했지만.

"그러니까 영화 <죽은 시인의 사회> 같은 거네?"

담임 선생님이 내게 말했다. 내가 문학 서클을 만들겠다고 얘기를 꺼냈을 때였다. 그러고 보니 담임의 말이 맞았다. 영화 속 고교생들이 입시지옥에서 벗어나는 유일한 시간은 시를 읽고 쓰는 때였다. 게다가 '죽은 시인의 사회'라는 시 모임을 재결성한다는 내용이었다. 그 모임은 그들의 선배이자 영어 교사인 '키팅'이 고교 시절 만든 서클이었.

"그리 쉽지는 않을 텐데…"

아마 학교의 반응을 생각하는 모양이었다. 미술부와 밴드부 이외에 그 어떤 서클도 허용하지 않은 터였다. 입시에 방해된다는 이유에서였다. 게임과 운동, 여자에게만 관심 있는 학생들도 문제였다. 아이들에게 시는 문학 교과서에서나 만나는 지루하기 이를 데 없는 글일 뿐이었다. 시는 사멸되어 가는 언어이며 시인은 멸종위기의 종족일 뿐이라고 뽀다구가 말했다. 하지만 나는 그 말이 오히려 멋지다는 생각이 들었다. 어쩌면 시는 오 헨리 소설의 마지막 잎새와 같이 소멸을 앞두고 있어서 더 가치 있는지도 몰랐다.

"선생님께서 캡틴이 되어주셔야죠."

담임이 피식, 하고 웃었다. 영화 속에서 학생들은 키팅을 캡틴이라고 불렀다.

"햐, 결국 내가 너희한테 바람을 넣은 셈이군."

담임이 팔짱을 끼며 말했다. 학기 초에 있었던 초청 강연회를 두고 하는 말이었다. 담임은 시인 친구를 한 명 섭외했다. 그가 바로 내 마음을 온통 시로 일렁이게 만들어 놓았던 이우영 시인이었다. 그는 문단에서 꽤 유명한 사람으로 영고 선배이기도 했다. 두 사람은 고교 시절 함께 시를 썼던 인연으로 친구가 되었단다. 담임이야 이제는 시를 쓰지 않고 독자로만 남았다지만 둘은 자주 연락하는 모양이었다.

'바람소리'라고 모임 명을 짓겠다고 하자 선생님의 눈동자에 어떤 아련함 같은 것이 번졌다. 바람소리는 담임과 이우영 시인이 몸담았던 서클 이름이었다.

"그래, 응원하마."

뭐든 도울 일이 있으면 얘기를 하라고 덧붙였다. 담임 선생님의 응원만으로도 나는 이미 바람소리를 얻은 느낌이었다. 꾸벅, 인사를 하고 교무실을 나왔다.

☆ ☆ ☆

바람소리, 물소리, 시마을 사람들, 갈뫼, 풀묶음.

이우영 시인이 칠판에 적은 단어였다. 판서를 마치고 창밖 호수를 그윽한 눈으로 바라봤다. 강연 말미에 접어들 즈음이었다.

"제가 여러분 나이였을 때 우리 속초지역에 있었던 문학회 이름입니다. 그중에서 바람소리는 여러분과 같은 청소년들이 중심으로 활동하던 시낭송회였어요. 이곳은 휴전선이 코앞인 변방 도시에 불과했지만 시만큼은 다른 어느 도시에도 뒤지지 않았습니다. 시를 좋아하는 사람도 많았고 시인들도 많았습니다. 강원도에서는 시의 수도라는 말까지 있었으니까요. 단언컨대 그 시절 우리 속초는 시 공화국이었습니다."

시 공화국, 그 말이 마음 어딘가를 깊게 울렸다. 공화국이라는 딱딱한 단어가 시라는 부드러운 단어와 만나면서 돌연 생기를 띠었다.

"그런데 왜 소리가 들어가요? 바람소리 말예요. 물소리라는 것도 그렇구…."

뽀다구가 물었다. 말투는 비딱했다.

"시는 원래 청각과 친연성이 강해요. 사실, 시는 '읽는다'라기보다는 '읊는다' 혹은 '노래한다'가 더 맞아요. 시는 문자가 아니라 소리인 셈이죠. 조금 어렵게 들릴지는 몰라도 보이지 않는 것을 보게 만드는 것은 듣는 겁니다. 사물의 소리를 들으면 환하게 사물의 내부를 보게 돼요. 더구나 바람은 영혼처럼 보이지 않고 만질 수 없으며 냄새 맡을 수는 없지만 느낄 수는 있잖아요? 시도 마찬가지죠."

바람, 영혼, 시가 모두 한 단어처럼 엮이다니 마법과도 같았다.

"시는 지루해요. 더구나 요즘 시는 이해하기 힘들어요."

누군가 제법 시를 읽어본 듯이 말했다.

"그런 작품은 여러분이 감상하는 근육을 기르게 되면 자연스럽게 이해하게 돼요. 우리 주변에는 아직도 쉽고 친근하고 감동적인 시들이 많이 창작되고 있습니다. 자, 그럼 여러분, 이런 시는 어떤가요?"

이 시인이 칠판에 뭔가를 썼다.

    고요한 연못, 개구리 풍덩

시는 딱 그 한 줄이었다. 에이 저게 뭐야, 나는 실소를 금할 수 없었다. 아이들도 마찬가지였다. 이 시인은 우리의 반응을 충분히 예상했다는 듯 미소를 지었다.

"자, 눈을 감고 저 창문 밖의 영랑호를 상상해보세요. 제가 돌을 하나 던지는 겁니다. 그리고 소리를 들어보세요."

그리곤 설명을 이어갔다. 그림같이 아무 소리도 들려오지 않는, 정지된 듯한 풍경 속에 갑자기 개구리가 폴짝 뛰어든다. 연못에 파문이 일고 풍경이 움직인다. 그런데 이러한 시각적 이미지가 '고요함'과 '풍덩'이라는 청각 이미지로 인해 더 큰 생명력을 얻는다. 이 시인이 말을 마치자, 웬일인지 교실이 정적에 휩싸였다.

"어렵지 않죠? 여러분도 한 편씩 지어볼까요?"

"고요한 연못가에 나뭇잎 살짝!"

누군가 말했다. 그러자 에이, 표절이야, 표절, 아이들이 외쳤다.

"깊은 산속 오두막, 밥 짓는 연기!"

내 생각에는 제법이었다. 구려, 조선 시대냐? 뽀다구가 야유했다.

"푸르른 바다 위에 흰 돛단배!"

왜 이렇게들 진부하냐, 뽀다구가 또 한마디 했다. 그럼 네가 해봐라, 누군가 응수했다.

"무인도 백사장에 남녀 한 쌍!"

아이들이 일제히 웃음을 터뜨렸다. 이 시인도 가볍게 미소 지었다.

"자, 이렇게 한 문장으로 된 시를 일본에서는 하이쿠라고 해요. 짧고도 쉽고, 긴 여운을 남길 수 있는 시구를 모으다 보면 여러분이 알고 있는 시 형식이 되는 거예요. 하나의 씨앗 문장이 있으면 천 개의 문장이 따라올 수 있는 겁니다."

천 개의 문장. 일기장에 채 다섯 문장도 쓰지 못하는 나에게는 언감생심이었다.

"여러분, 이 시에는 이런 의미도 담겨 있습니다. 중심에는 없지만 가장자리에는 더 크고 더 넓은 울림과 흔들림이 존재한다.

우리 속초는 이 나라의 변방 중의 변방이지만 덕분에 시의 파문이 아직 사라지지 않은 채 밀려들고 있는지도 모릅니다. 그 파문에 한 번쯤 여러분을 맡겨보는 것은 어떨까요."

뭐랄까, 어떤 무한한 여백 같은 것을 느꼈다. 그 여백은 비어 있는 것이 아니라 아직은 볼 수 없지만 이 세계의 진실을 보여주는, 크고 깊으며 단단한 것들로 가득 차 있을 것만 같았다. 어린 왕자의 말이 떠올랐다. 세상의 진실은 보이지 않는 곳에 있다는 말.

이 시인은 마지막으로 질문 하나만 더 받겠다고 했다. 좀처럼 나서는 아이가 없었다. 뭘 알아야지 질문을 할 터였다. 평소 시에 대해서 진지하게 고민한 적이 없었으니 말이다. 나도 중학 시절 백일장에 몇 번 나가 보기는 했어도 고등학교 진학 이후로는 교과서 외에 시를 접해본 적이 없었다. 얼른 끝냈으면 하는 아이들도 있었다.

"선배님!"

뽀다구가 손을 들었다. 그래, 이 시간만큼은 영고에서 만물박사 뽀다구를 따라올 만한 애는 없을 것이다.

"시 쓰는 게 솔직히 무슨 도움이 되는지 모르겠어요."

역시 삐딱한 질문이었다.

"음…."

이 시인은 입을 굳게 다물었다가 말을 이었다.

"무엇보다 시는 우리 삶의 결핍과 불우를 보석으로 만들어 줍니다. 좋은 시의 이면에는 시인의 상처가 깃들어 있습니다. 상처가 많고 깊을수록 시는 더욱 화사하게 피어납니다. 우리 인간은 모두 상처 하나쯤은 가지고 있지 않나요? 저는 어린 시절 부모님이 돌아가셔서 친척 집 이곳저곳에서 얹혀살았습니다. 외롭기도 하고 가출도 했어요. 왜 나만 이러나 싶어 화가 나서 죽고 싶기도 했어요. 하지만 시를 쓰게 되면서 달라졌어요. 상처는 속으로 삭이면 병이 되지만 시로 풀어내면 꽃이 됩니다. 자기 상처를 직시하는 사람은 결코 남에게 휘둘리지 않습니다. 자신이 원하는 진짜 삶을 살 수 있습니다. 결국, 시는 우리를 강하게 만들어 줍니다. 너무 큰 쓸모가 아닌가요?"

이 시인은 만면에 미소를 지었다. 아이들은 잘 알아듣지 못하는 모양이었다. 그러나 나에게는 환하게 다가온 말들이었다. 결핍과 불우를 보석으로 만들어 준다니. 더구나 시처럼 연약한 언어가, 아름답고 순수하기 그지없는 말이 어떻게 강한 사람을 만들 수 있다는 말인가. 문득, 나의 불우한 집안 환경이 떠올랐다. 하반신 불수가 된 이후로 늘 술에 절어 있는 아빠와 성치 않은 몸으로 새벽부터 부둣가에 일 나가는 할머니, 그리고 무녀가 되어

집 떠난 엄마. 썰물이 져나가면 뻘밭이 드러나듯, 이 시인의 말 한마디에 온통 상처투성이인 내 마음이 펼쳐졌다.

  아빠가 사고를 당하고 엄마가 집을 나가던 그때부터 나는 날마다 약해지고 초라해졌다. 그런데 강해질 수 있다니, 상처가 깊고 많을수록 화사하게 피어날 수 있다니, 몸에 소름이 돋았다. 어쩌면 그때 시라는 녀석이 내 마음에 풍덩, 하고 빠져들었는지 몰랐다. 내 영혼, 아니 내 삶에 조용히 파문을 일으키면서.

2 신나는 오후

"오늘은 호숫길로 가자!"

뽀다구가 창밖을 턱으로 가리켰다. 하교 시간이었다. 9월의 영랑호가 햇빛을 받아 반짝였다. 태풍이 훑고 간 덕분인지 날이 한풀 꺾였다. 호숫길로 가면 '게토'까지는 족히 1시간이 걸렸다. 버스로는 20분도 안 걸리는 거리였다. 게토는 바람소리의 아지트를 말했다. 지난 방학 동안 바람소리의 회원이 꽤 늘어났다. 나와 뽀다구, 나래와 유라가 전부였는데 이제는 8명이나 되었다. 일요일 오후에 모임이 있었다. 일주일 중에서 유일하게 자유를 만끽할 수 있는 시간이었다. 나머지는 수업 아니면 자습이었다.

"개코 니가 어쩐 일이냐?"

교문에서 재호를 기다리던 뽀다구가 외쳤다. 게토까지 걸어갈 생각이 있느냐는 문자에 재호가 그러자고 답장을 보내온 것이다. 재호가 우리와 함께 가는 것은 드문 일이었다. 버스로 20분이면 가는 길을 1시간 넘게 가자니 그럴 만도 했다. 전교 탑인 재호에게 1시간은 큰 부담일 터였다. 여고생들 사이에서 알아주는, 속초 최고의 얼짱이기도 했다. 원래 운동도 잘하는 아이였다는데 고등학교에 들어와서는 거의 하지 않는다고 했다.

"그냥 걷고 싶을 때도 있지, 안 그래?"

내가 재호의 어깨를 감싸며 말했다.

"그래 개코야 걸어 다니는 시인이니까, 뭐."

뽀다구가 입술을 실룩이며 말했다. 자칭 천재급에 속한다고 자부하는 뽀다구에게 재호는 아니꼬운 존재였다. 원래 진정한 천재는 학교 공부 따위는 우습게 알아야 한다는 것이 녀석의 지론이었다. 녀석은 심술을 부리듯 재호에게 개코라는 별명을 지어주었지만 모범생 이미지와 맞지 않아서인지 별로 호응을 얻지는 못했다.

재호는 가끔 코를 벌렁거리는 습관이 있었다. 일종의 틱 증상이었는데 자세히 보지 않으면 그냥 넘어갈 정도였지만 뽀다구의 예리한 눈을 피해 가지는 못했다. 재호는 개코라는 별명에 개의치 않는다는 눈치였다. 붙임성이 없어서 그렇지 성격은 털털한 편이었다.

"그건 그렇고 점심은 어떻게 할까? 배고프다."

뽀다구 말에 내가 김밥을 제안했다.

"오늘 날씨도 죽이는데 호수 모래톱에 앉아 먹으면 밥맛 나겠는걸?"

뽀다구가 좋아라 했다. 재호도 고개를 끄덕였다. 분식집에서 김밥을 사 들고 '개구멍'으로 향했다. 학교와 호수는 철조망으로 가로막혀 있었다. 철조망 너머 구역에는 수십 채의 별장이 있었다. 하지만 우리에게 철조망은 문제가 되지 않았다. 몸만 숙이면 드나들 수 있는 구멍이 여러 개 있기 때문이었다.

단, 경비원의 눈은 피해야 했다. 경비원에게 들키면 쫓겨나야 할 뿐만 아니라 별장 단지의 관리인이 학교 측에 항의했다. 다음 날 학생부에 불려가 무조건 '조진다'해서 별명이 붙은 조지기 선생의 소위 '교정'교육을 받아야 했다. 우리는 나무들 사이 아담하게 펼쳐진 모래톱에 자리 잡았다. 잎을 드리운 나뭇가지는 경비원 눈을 피하기 좋았다.

들려온다

옛 화랑의 숨소리가

이곳에서

마음껏 뛰어다니던

그들의 모습 뒤로

이제는 문명의 이끼 속에

잠들어 버린

이 영랑호

그러나 나는 안다

언젠가는 이 호수가

다시 흐르게 될 것을

세상의 모든 이끼를

씻고 또 씻어서

우리네 마음 깊숙이

다가올 것을

뽀다구가 자작시를 외웠다. 「영랑호를 바라보며」라는 제목이었다. 지난주 합평회에서 엄청 '까인' 작품이었지만 고친 티가 역력했다. 운율까지 넣어 읽으니 제법 시다웠다. 몇 번 느끼는 것이지만 시는 눈으로 보는 것과 직접 듣는 것과는 큰 차이가 있었다. 시는 소리라는 이우영 시인의 말이 틀린 게 아니었다.

"얌마, 지하에서 영랑이 일어나겠다!"

내가 면박을 줬다.

"저기 저 봐라, 아파트들!"

뽀다구는 호수 주변에 우후죽순으로 생긴 고층 아파트들을 가리키며 말했다. 시멘트 건물들이 호수 주위의 녹지를 야금야금 잠식하고 있었다. 호수와는 어울리지 않는 풍경임은 확실했다. 서울에서 자동차로 3시간도 안 걸리는 고속도로가 생긴다는 소문 때문에 속초 여기저기가 아파트 공사판이 되었다.

영랑호 주위도 특유의 한적함을 잃어가고 있었다. 집 지을 땅이 넘쳐나는데도 왜 닭장 같은 아파트를 선호하는지 이해가 되지 않았다. 비록 낡은 집이기는 하지만 담장 너머로 푸른 바다와 새하얀 모래가 펼쳐져 있는, 마당 넓은 우리 집이 백배는 나아 보였다.

"너도 저기로 이사갔잖아."

내가 어깃장을 놓았다. 옆에 있던 재호가 쿡, 하고 웃었다.

"그거야 우리 부모님이 결정한 거니까…."

뽀다구가 뒷말을 흐렸다. 하여간 '뽀대'만 날 뿐 실속이 없는 놈이었다. 속초에서도 아파트에 산다는 것이 부유함을 드러내는 방식 중의 하나가 되었다. 뽀다구 부모님은 고등학교만 졸업하고 일찍 결혼해서 가업을 이어받았다고 한다. 맛집으로 선정된 후 관광객들이 물밀듯 찾아들었다. 글자 그대로 돈을 바가지로 긁어모았다. 뽀다구 말에 의하면, 부모님들이 새벽에 퇴근해서도 피곤한 줄도 모르고 돈을 센다고 했다. 만 원짜리 지폐가 가득 담긴 자루를 펼쳐놓고 말이다.

"너네 거기서 뭣들 하는 거야?"

김밥을 손으로 집어서 정신없이 먹어대고 있을 때였다. 뒤돌아보니 역시나 경비원이었다.

"보시다시피 런치타임 중인데요?"

뽀다구가 천천히 음식을 넘긴 뒤 거만한 표정으로 말했다. 마치 예상이라도 하고 있었다는 말투였다.

"너네 여기 사유지라는 거 몰라?"

경비원이 소리쳤다. 익히 알고 있는 사실이었다. 이 호수의 가장 깊숙한 곳에 자리 잡은 이 구역은 서울에 있는 한 기업이 조성한 별장 단지였다. 주로 외지인들 소유였다.

"이곳이 사유지라구요? 이 호수가, 수천 년 조상 대대로 이곳

주민들과 함께해온 이 자연 호수가 사유지라구요?"

뽀다구가 능청을 떨며 과장된 목소리로 말했다.

"그래, 한호 그룹에서 임대해서 쓰고 있으니 지금은 사유지야."

"나 참, 얼탱이 없네. 아니 여기가 무슨 대통령 별장이라도 돼요?"

"허락 없이는 대통령이 아니라 대통령 할아비라도 들어올 수 없어!"

"우리는 어엿한 속초 시민이라구요!"

"시민이고 나발이고 법이 먼저야."

"아 그러니까 공공재에 무슨 말뚝 박기냐고요!"

"공공재…?"

경비원이 뜨악한 표정으로 물었다.

"공기나 물 같이 딱히 소유를 주장할 수 없는 것을 말해요."

뽀다구가 어깨를 으쓱하며 말했다.

"아무튼…, 관리 직원한테 지금 당장 신고할 테니까 여 있어."

경비원이 주눅이 든 눈치였다. 하지만 관리소에 알려지면 월요일 학생부로 불려갈 게 뻔했다. 이전에도 몇몇 놈들이 별장 정원에 들어가 담배 피우고 술 마시다가 걸린 적이 있었다. 하지만 이곳은 별장 내의 정원이 아니었다. 나도 한마디 하려고 자리에서 일어났다. 그런데 재호가 나를 제지하며 말했다.

"C 구역 01호가 우리 별장이에요."

뽀다구와 나는 눈을 크게 떴다.

"학생, 여기 별장은 죄다 서울 높으신 사람들 거야. 누구를 속이려고 드나?"

경비원은 비웃으며 무전기를 입으로 가져다 댔다.

"C 구역 01호 이성윤, 확인해 보세요."

재호가 낮고 위엄 있는 목소리로 말했다. 이성윤? 경비는 의아스럽다는 표정으로 무전기를 통해 이름을 확인했다. 이름과 해당 별장 소유주가 일치한다는 답신이 왔다.

"이런, 몰라봐서 미안하게 됐네요, 진작 말을 하지 그랬어요. 다음부터는 관리동에 먼저 연락해요, 그럼."

경비원은 경례까지 붙이고 황급히 되돌아갔다. 말투까지 해라체에서 해요체로 바뀌었다.

"역쉬, 재호네야. 별장 구경은 언제 시켜줄 거니?"

뽀다구가 재호를 자리에 앉히며 말했다. 말투가 아부 조로 바뀌었다. 소문이 틀리지 않았다. 재호의 집은 영북지역인 속초, 고성, 양양을 통틀어 가장 부잣집이라고 했다. 게다가 아버지가 인근 중학교의 교장 선생님이었다. 재호의 형 둘은 각각 서울대 의대와 치대를 다니고 있었다.

이 비싼 별장을 소유하고 있는 것을 보니 역시나 재호는 나와 다른 세계에 사는 아이였다. 우리 집은 속초에서도 가장 후미진, 함경도 실향민 마을 청호동에 있었다. 허리가 불편한 할머니와 잠수병으로 다리를 못 쓰는 아버지, 낮은 함석지붕, 연탄보일러, 외떨어진 화장실 등이 우리 집을 설명하는 낱말이었다.

"기회 되면…."

재호가 말했다. 더 할 말이 있는 눈치였지만 입을 다물었다.

"자 방해꾼이 올 리는 없겠구…."

뽀다구가 가방 깊숙한 곳에서 뭔가를 꺼냈다. 맨 밑바닥에 담배를 숨겨놓은 요술 필통이었다. 가방 밑 틈에서 라이터도 꺼냈다. 내가 기겁했지만 뽀다구는 오늘만큼은 한 대 피워도 되는 날이라고 수작을 피웠다.

"나도 한 대 줘."

재호의 말이었다. 놀란 나와 뽀다구가 눈을 맞췄다. 뽀다구가 얼떨떨해하며 재호에게 담배를 건넸다. 그리고 손을 모아 불을 붙여주었다.

"야, 숨을 들이쉬어야지."

담배에 그을음만 일자 뽀다구가 말했다. 재호가 숨을 들이쉬려다 이번에는 콜록콜록, 하고 기침을 했다. 처음 피워 보는 모양이었다. 뽀다구가 눈빛을 빛내며 기이한 미소를 지었다. 뭔가 동지애를 느끼고 있는 것이 분명했다. 나쁜 일은 함께해야 맛이 난다는 게 뽀다구의 평소 지론 중 하나였다. 뽀다구는 늘 잘난 척하지만 어딘가 순하고 어눌한 데가 있었다. 그런데 가끔은 저렇게 악동 같은 미소를 지어 보이는 것이다.

"자자, 요렇게 가슴을 확 펼치고 후두부에서 들이마신 연기와 코로 넘어온 공기가 섞이도록 하면서 폐가 연기를 흡수한다는 느낌으로…."

"에라이 미친놈아!"

나는 뽀다구의 뒤통수를 치며 자리에서 일어났다. 재호는 뭔가 신세계를 만난 듯 콜록거리면서도 담배 피우기를 그만두지 않았다. 알다가도 모를 놈이었다. 학교 아니면 집, 그것도 집에서는 과외만 하던 놈이었다. 그런 재호가 바람소리에 들어온 것은 의외였다. 전교 탑으로 소문난 놈이라 나와 뽀다구는 녀석을 잘 알고 있었지만, 재호는 우리와 말조차 섞은 적이 없던 터였다. 그런데 뽀다구 휴대폰으로 녀석에게서 문자가 온 것이다.

— 시를 꼭 잘 써야 하는 것은 아니지?

마침 야자 시간이었다. 뽀다구가 재빨리 내게 보여주었다. 가슴이 뛰었다. 자발적으로 참여 의사를 밝힌 사람이 나타난 것이다. 지역 고교생들이 모이는 인터넷 카페에 회원 모집 글을 올린 뒤 일주일 정도 지났을 무렵이었다.

― 당근이지. 우리도 거의 처음 써보는걸

답장을 보냈다.

― 근데, 괜찮아?

연달아 메시지를 보냈다. 녀석이 전교 탑이라는 사실이 조금 걸렸다.

― 뭐가?

― 곧 고3이잖아

이내 고3이니까, 라는 답변이 돌아왔다. 뭔가 찌릿 하는 느낌이었다. 고3이니까 시를 쓴다니 왠지 신뢰가 갔다.

"그런데, 너네 그거 알아?"

뽀다구가 담배꽁초를 모래에 비벼 끄며 말했다. 나와 재호는 뭐? 하고 녀석을 쳐다봤다.

"유라네 엄마 가게가 남자 교사들의 아지트란다."

유라는 바람소리 회원이었다. 처음 바람소리를 만들 때부터 함께 했던 아이였다. 유라네 엄마가 바를 운영한다는 말은 익히 들어 알고 있었다.

"하긴 유라네 엄마가 그렇게 아름다우시단다. 교양도 철철 넘치시고….”

내가 맞장구를 쳤다. 엄마의 유전자 덕분인지 유라도 한 미모 하는 아이였다.

"근데, 웃긴 건….”

뽀다구가 뜸을 들였다.

"조지기는 매일 간다는 거.”

조지기는 영고 학생들의 공포의 대상인 학생부 부장이었다.

"헐, 유라 엄마 때문에?”

내가 묻자 뽀다구가 세차게 고개를 끄덕였다.

"뭐야, 유부남이 그래도 되는 거야?”

"조지기 결혼 안 했어.”

내가 얼굴을 찌푸리자 재호가 말했다.

"그거 진짜냐? 이혼한 것도 아니고? 나이 오십은 넘어 보이는걸?”

뽀다구가 연거푸 물었다. 재호가 고개를 끄덕였다. 조지기는 재호 담임이었다. 재호 아버지와 호형호제한다는 소문도 있었다. 아무튼 조지기가 노총각이라는 사실은 충격이었다. 새벽같이 출근해 아이들 야자가 끝나서야 귀가하는 이유를 알 것만 같았다. 집에서 조지기를 기다려주는 사람이 없어서일 것이다. 그렇게 생각하니 조지기가 조금은 불쌍해졌다.

"자, 일어나자."

내가 바지를 털며 말했다. 재호는 주위를 정리했다. 비닐봉지에 쓰레기는 물론 담배꽁초까지 담았다. 뽀다구가 역시나 모범학생이군, 하는 표정으로 재호를 쳐다봤다. 하늘은 더없이 푸르고 호수는 맑고 잔잔했다. 멀리 울산 바위가 아름다운 자태를 뽐내고 있었다. 가끔 물 위로 은어가 튀어 올랐다. 바람에 몸을 맡긴, 푸른 버드나무들이 더없이 싱그러웠다. 시계를 보니 모임 시간까지 가기에는 빠듯할 듯싶었다. 우리는 뛰기로 했다.

★ ★ ★

20여 분 늦게 '게토'에 도착했다. 초등학교 운동장 구석에 버려진 컨테이너였다. 담임 선생님이 아는 사람을 통해서 구해준 공간이었다. 원래는 학교에 건물을 지으면서 현장 사무소로 쓰였던 곳이었다. 공사를 끝내고 건설회사가 망했는지 어쨌든지 회수해가지 않았다는 것이다.

덕분에 안에 있을 것은 다 있었다. 열 명은 둘러앉을 수 있는 책상과 의자, 책장, 온풍기, 심지어 에어컨 시설까지 있었다. 사용 시간을 밤 열 시로 제한하고 전기료는 따로 지급한다는 것을 조건으로 사용 허가를 받았다. 입주 첫날부터 매일같이 와서 쓸고 닦고 꾸민 결과 우리만의 아늑한 공간이 되었다.

게토라는 이름은 뽀다구가 지었다. 격리되거나 버려진 곳이라는 뜻이었다. 오늘날 시는 버려졌으므로, 시는 대중과 격리되었으므로, 시를 쓴다는 이유로 시답잖은 놈 취급을 받으므로 시를 쓰는 우리는 게토의 주민임이 틀림없다는 것이다. 다소 우울하고 자학적인 이름이 아니냐고 누군가 따져 물었다. 뽀다구는 그렇기 때문에 우리의 해방구가 될 수 있다고 반박했다. 그 누구의 간섭도 받지 않고 우리 스스로가 주인이 될 수 있단다. 투표 끝에 우리는 뽀다구의 제안대로 모임 공간을 게토라고 명명했다.

문을 열자 회원들이 일제히 우리에게 고개를 돌렸다. 랩스타 철민, 쌍둥이인 원플 자매 지은과 지선, 나래였다. 원망하는 빛이 역력했다.

"헤이, 요! 리더가 늦음, 우린 어떡해~"

랩스타가 랩핑하듯 말했다. 랩스타 철민은 실업고에 다니는 녀석으로 다소 불량기가 있긴 했지만 랩 하나는 잘하는 놈이었다. 랩은 간혹 TV를 통해 접하기는 했지만 이 지역에서는 생소했다. 독학해서 겨우 흉내만 낼 뿐이라는데 우리 같은 문외한이 보기에는 제법이었다. 녀석 덕분에 랩 용어 몇 개는 일상 용어처럼 쓰게 되었다.

녀석은 '래퍼는 시인이어야 한다'라는 나름의 신조가 있었다. 랩스타라는 별명은 랩의 스타라는 뜻도 있지만 랍스타에서 온 것이기도 하다. 녀석은 유난히 머리가 크고 등이 굽어서 흡사 랍스타처럼 보였다. 나래 때문에 가입했다는 말을 듣기도 했는데 물어보면 부끄러운 듯 얼버무렸다. 나래는 그 말을 들으면 질색했다.

"우리 셋은 영랑호를 걸어왔지~ 저 멀리 울산 바위 우람하고, 호숫가엔 버들잎이 흩날리고, 은빛 은어들이 마구 튀어 올랐어~"

뽀다구가 랩스타의 플로우를 흉내 내며 말했다. 제법이었다.

"미안, 오다가 경비원 아저씨한테 들키는 바람에 늦었어."

내가 말했다.

"오빠들 그럼 학교 가면 맞는 거 아니야?"

원플 자매 중 한 명이 말했다. 아직도 둘 중에 누가 언니고 동생인지 알 수가 없었다.

"재호 덕에 무사히 풀려났지."

"어떻게요?"

원플 자매 중 다른 한 명이 말했다.

"얘들아, 놀라지 마라, 거기에 개코네 별장이 있단다."

뽀다구가 끼어들었다.

"역시, 재호 오빠~"

원플 자매가 합창했다. 재호가 멋쩍은 표정을 지었다. 지은이와 지선이는 여고 1학년생인 일란성 쌍둥이였다. 거의 똑같이 생겼다. 중학교 때부터 팬클럽을 만들어 재호를 따라다녔다. 같은 아파트에 살기도 해서 매일 아침이면 재호가 등교하는 모습을 보기 위해서 일찍부터 기다린다고 했다. 밸런타인데이나 빼빼로데이, 생일날에는 재호의 독서실 책상에 온갖 선물들이 쌓여 있었다. 원플 자매가 한 일이었다.

바람소리에 들어온 것도 재호 때문이었다. 하지만 지킬 선은 지키는 아이들이었다. 다짜고짜 오빠 부대는 아니었다. 재호도 익숙해서인지 그렇게 부담을 느끼지는 않았다. 가입 동기가 재호 때문이라는 것이 걸리기는 했지만 회원 확보의 차원에서 본다면 그야말로 원 플러스 원이지 않은가. 더구나 시도 곧잘 써냈다. 가히 사랑의 힘이 아닐 수 없었다.

"뭐, 괜찮아. 더 늦는 사람도 있는걸."

잠자코 있던 나래가 던진 말이었다. 유라를 두고 하는 말이었다. 그러고 보니 오늘도 늦게 오는 모양이었다. 나래와 유라는 앙

숙이었다. 처음에는 같은 학교라서 둘도 없이 친한 것 같더니 한 달도 안 돼, 둘 사이에 찬바람이 불었다. 나래는 나와 같은 동네에서 태어나 초등학교는 물론 중학교도 같은 학교를 나왔다. 글짓기 대회가 있으면 함께 나가곤 했다. 나래는 고등학교에 진학해서도 꾸준히 글을 쓰는 것 같았다. 얼마 전에는 도내의 한 대학에서 주최하는 문학 콩쿠르에서 입상하기도 했다. 내가 문학 서클을 만들자고 했을 때 가장 적극적으로 나서주었다.

"벌써 다들 모였네."

유라였다. 늘씬한 몸매에 예쁘장한 얼굴, 아나운서 같은 말투. 나래가 충분히 질투할 만한 아이였다.

"왕비 마마 납셨네. 벌써라니, 시간 좀 봐봐. 30분이나 늦었다구!"

나래가 팔짱을 낀 채 말했다.

"나도 쟤네 뛰어가는 거 봤어. 왜 나만 가지고 그러니?"

유라가 눈을 흘기며 말했다.

"그런데 애네들 들어오고 나서도 한참 시간이 지났잖아. 내가 모를 줄 알아? 화장한 거잖아!"

나래가 지지 않고 말했다. 두 사람의 눈빛이 공중에서 칼날처럼 쨍, 하고 부딪혔다.

"언니들, 또 시작이다. 오늘은 재호 오빠 합평 차례잖아. 정말

기대되지 않아?"

그지~, 하고 서로 얼굴을 바라보며 말했다. 데칼코마니가 따로 없었다. 사실 나도 아직 재호 시를 읽어보지 못했다. 하지만 재호의 작품이 우리를 실망하게 하지 않을 것 같았다. 뭐 하나 빠지는 것 없는 완벽한 녀석이니까. 더구나 가입하면서 제출한 시도 수준급이었다. 재호가 자신의 작품이 인쇄된 용지를 가방에서 꺼내 한 장씩 돌렸다. 우리는 자리에 걸터앉으며 복사물을 들고 재호의 낭송을 기다렸다.

신나는 오후

환한 밤이 찾아오면
자연스레 고개를 떨구고 아예 귀도 접어 버리지
유월 숨 가쁜 오후가 하는 말들은
분필 가루로 날아와 뭐라 뭐라 잔소리를 하지만
우리는 더욱 고개를 떨굴 뿐이야
빨갛게 부은 눈으로 글자를 하나하나 새겨 넣은 옆 짝은
'왜'라는 물음에 눈을 질끈 감아버리지
곧은 의자는 네 자리가 아니야

하지만 여긴 신나는 오후가 없어

딱! 수업시간에 떠들지 마라, 분필이 어느샌가 날아와

또 잔소리를 하는구나

허울 좋은 배움은 머리에 들어갈수록 고개를 숙이게 하지만

주위에서 아무것도 모른 채, 어서 일어나라고만 한다

잠도 제대로 잘 수 없는 갑갑한 가위눌림에

활짝 기지개를 켤 수 있는 자유도 잊어버렸지

쉬는 시간부터 잔뜩 웅크리고 있는 뒤에 엎드린 친구나

이런 오후에 익숙한 앞에 놓인 친구나

흐릿한 얼굴은 마찬가지

머릿속에 그려진 오후를 그리워할 줄밖에 모르는 우리는

신나는 오후를 찾다 찾다 못 찾으면 또다시 고개를 떨구지

매일 반복되는 신나는 오후는 이렇다

재호가 시를 읽고 나자 우리는 침묵에 휩싸였다. 다소 무뚝뚝하고 건조한 목소리였지만 감동이 고스란히 전해졌다. 그야말로 개구리 한 마리가 마음속 호수에 풍덩, 하고 빠져든 것 같았다. 더 이상의 무슨 합평이 필요할까 싶었다. 이처럼 우리 고교생들의 일상을 절실하게 표현한 시가 또 어디 있을까? 공부로 찌들어 있

는 시간을 '신나는 오후'라고 표현한 반어적 제목부터가 눈에 띄었다. 낮보다도 환한 형광등 아래, 흐릿한 얼굴로 고개를 떨구는 재호의 모습이 눈앞에 그려졌다. '왜'라는 질문조차 억압당한 채.

"짝짝짝, 재호 뭔들! 재호 뭔들!"

원플 자매가 손뼉을 쳤다.

"으흠, 특별한 수사나 비유 없이도 천의무봉의 경지에 오른 작품이군!"

뽀다구가 턱을 쓰다듬으며 늙은이처럼 말했다. 천의무봉이란 고칠 것도 뺄 것도 없는 문장을 일컫는 말이었다.

"한 시인의 경험적 진실이 담긴 작품이야."

나래가 말했다. 문학참고서 작품 설명 같은 표현이긴 했지만 가장 적실한 말인 듯싶었다.

"좋긴 한데 한 가지, 신나는 오후가 아니라 신나는 밤이 더 맞는 표현이 아닐까?"

유라의 깐깐함이 묻어나오는 목소리였다. 하긴 배경은 야간 자율 학습 시간인 듯했다. 낮보다 환하다는 형광등이라는 표현도 그렇고.

"아니지 아니야, 사전적 의미로는 오후가 틀린 것은 아니야. 정오 이후는 모두가 오후야."

뽀다구가 말했다.

"이건, 내가 찾던 바로 그 랩 가사야! 헤이, 요! 환한 밤이 찾아오면 자연스레 고개를 떨구고 아예 귀도 접어버리지~"

랩스타는 한 손을 둥글게 말아 입으로 가져다 대고 랩핑을 했다. 내내 무표정으로 있던 재호가 살짝 미소를 지었다.

"난 이 시를 읽으며 다시 한번 확신하게 됐어."

내가 말했다. 무슨? 뭐? 확신이라구? 아이들이 눈을 크게 뜨며 물었다.

"합평 형식을 일단 무시하고 말할게."

저마다 돌아가면서 평을 얘기하고 글쓴이의 말까지 들은 다음, 함께 토론하는 것이 합평의 형식이었다. 하지만 지금 당장 내가 생각한 것을 말해야 할 듯싶었다. 이 감동이 사라지기 전에.

"난, 우리 작품들이 친구들이나 선생님, 부모님들에게도 읽혀져야 한다고 생각해."

그래서? 누군가 물었다.

"우리 작품이 더 많이 읽히도록 방법을 생각해 보자는 거야."

"나는 아직 배가 고프다, 하늘만큼 땅만큼, 이 말이지?"

뽀다구가 끼어들었다. 히딩크 감독 때문에 유명해진 말이었다. 틀린 말이 아니었다. 바람소리를 모두에게 인정받는, 명실상

부 속초를 대표하는 청소년 서클로 키워보고 싶었다.

"와, 그거 좋은 생각이야. 그럼, 인터넷 카페를 만드는 건 어때?"

누군가 내 말에 동의해주었다.

"회지를 만드는 건?"

"나는 시를 가지고 랩 공연을 하고 싶어."

"시화전이나 시극 같은 건?"

나뿐만이 아니라 이미 생각하고 있었다는 듯이 저마다 아이디어를 내놨다.

"이런 말 해서 유감이지만 우린 이번 학기가 지나면 고3이야. 얘네들만 빼놓고."

유라가 원플 자매를 가리키며 말했다.

"더구나 그런 행사를 하게 된다면 한 달은 다 날려야 할걸? 재수를 생각한다면야 모르겠지만…."

유라가 우리의 현실을 일깨워 주었다.

"우리는 시간 많아요. 힘든 일은 우리한테 맡겨요."

서울살이를 접고 내려온 의사 부부의 딸들다웠다. 원플 자매의 부모님 두 분은 외가가 있는 속초에 내려와 내과 병원을 개업했다. 속초의 풍광에 반해서 서울살이를 포기했단다. 병원 이름도 '속초가 좋은 조은내과'였다. 나도 할머니를 모시고 몇 번 가

본 적이 있었는데, 치료비도 적게 받을 뿐만 아니라 두 분은 물론이고 간호사 누나들도 상냥했다. 일에 치여 사는 것 같지도 않았다. 두 분이 교대로 근무하기 때문에 남는 시간에는 지역 봉사활동에 참여했다.

주말에는 외가 근처의 전원주택에 머물며 가족이 함께 감자며 옥수수 농사를 짓는다고 했다. 딸들에게 공부도 크게 다그치는 것 같지 않았다. 자율학습도 시키지 않았고 학원도 보내지 않았다. 공부로 고생한 건 자기대로 끝내야 하고 자식들은 자기 하고 싶은 대로 살아야 한다는 지론을 가졌다. 바람소리 가입도 적극적으로 밀어주었고 가끔은 게토로 피자나 치킨을 시켜주기도 했다. 그러한 부모님의 심성과 철학 때문인지 원플 자매는 티 없이 맑고 착했다.

"나도 할 일 없어. 내 프렌드들도 동원할 수 있어."

랩스타가 말했다. 자유로운 영혼, 노래하는 시인, 랩스타 양철민. 실업계고 특유의 여유가 묻어나왔다. 프렌드란 랩스타와 함께 랩과 비보이 댄스를 즐기는 힙합 서클 친구들을 말했다.

"난 속초를 지킬 거야."

뽀다구가 말했다. 자칭, '속초 성애주의자'다웠다. 녀석은 종종 대학 따위 포기하고 부모님 식당을 이어받겠다고 했다. 실제로 시간 날 때마다 부모님 일을 도와주었다.

"음, 나는 아침에 1시간 먼저 일어나서 공부하는 거로 하지 뭐."

나래가 말했다.

"재호는?"

아무래도 전교 탑인 재호는 무리일 듯싶었다. 아마 이런 행사를 준비한다고 하면 아버지가 가만있지 않을 거였다. 바람소리 모임도 아버지 몰래 다니고 있는 터였다.

"물어보나 마나지. 재호 이번 겨울방학에도 서울 대치동에 올라갈 거잖아?"

유라가 말했다. 재호가 고개를 끄덕였다.

"그럼 너는?"

내가 유라에게 물었다.

"나는 시를 읽고 쓰는 거에 만족해. 사람들 앞에 나서고 싶지 않아."

유라가 말했다.

"화장은 왜 하는 거니? 사람들 눈에 띄는 거 좋아해서 그런 거 아니야?"

나래가 비아냥댔다.

"너같이 촌뜨기나 화장 안 하지. 화장도 다 자기 관리야, 알겠니?"

유라도 지지 않았다.

"지 엄마 닮아가지고!"

넘지 말아야 할 선을 넘었다. 말하고 나서 실수라는 것을 알아차린 듯했지만 이미 늦었다. 유라는 그 말을 듣자마자 가방을 챙겼다. 그러곤 게토를 나갔다. 원플 자매가 내 눈치를 보더니 쪼르르, 유라를 따라 나갔다.

"자기가 모임에 맞추려고 하지 않고 우리가 자기한테 맞춰달라는 거잖아."

나래가 남은 사람들에게 동의를 구했다. 나는 고개를 돌린 채 한숨을 쉬었다.

"하지만 부모님을 들먹이지는 말았어야 했어."

재호가 말했다. 말수 적은 재호에게 그 정도의 말은 대단히 화가 나 있다는 뜻이었다.

"미안해."

나래가 다 죽어가는 말투로 말했다.

"그 말은 유라한테나 해."

내가 나무라듯 말했다. 나래가 책상 위에 팔을 포개고 얼굴을 묻었다. 할 말이 없거나 부끄러운 일이 있으면 하는 행동이었다. 원플 자매가 풀이 죽은 채 돌아왔다. 기어코 유라는 가버린 듯했다. 합평회를 재개했다. 내내 다른 아이들의 이야기가 머릿속에 들어오지 않았다. 유라의 뒷모습이 자꾸만 생각났다. 애써 설움을 감추고 있을 얼굴도.

3

빵집 대신 시집

 유라는 시 읽고 쓰는 것만 하겠다는 전제조건으로 가입했다. 그런 유라와 아무런 상의 없이 말을 꺼낸 내 잘못이 컸다. 유라를 만난 건 담임 선생님의 소개 때문이었다. 여고 쪽 국어 선생님과 연락한 모양이었다. 시를 곧잘 쓰는 아이라고 했다. 우리는 문우림 서점에서 만나기로 약속했다. 문우림 서점은 이 작은 도시에 어울리지 않는 큰 규모를 자랑했다. 담임이 초등학교 시절부터 있었다니까 역사도 족히 20년은 다 되어 갈 것이다. 학생들 사이에서는 만남의 장소로 유명했다.

 나는 약속 시각보다 일찍 가서 이왕 책을 보며 기다리기로 했다. 유독 북적이는 코너가 있었는데 요즘 TV에서 한창 유행하는 <느낌표> 프로그램의 선정 작품을 진열한 곳이었다. 『아홉살 인생』, 『괭이부리말 아이들』, 『봉순이 언니』 등등. 그런데 정작 시집은 한 권도 없었다. 역시 시가 외면받는 시대가 맞긴 맞아 보였다. 물론, 그 책들도 다 읽어보고 싶었지만 수중에는 딱 5천 원짜리 한 장밖에 없었다. 할머니가 아버지 몰래 준 돈이었다. 유라와 만나려면 필요할 듯싶었다. 빵집에서 빵과 우유 정도는 사야 할 테니.

시집 코너로 갔다. 한적하기 그지없었다. 하긴 나도 학교 도서관에서나 빌려봤지 시집을 사본 적이 없었다. 기껏해야 참고서 정도 사러 서점에 들르곤 했다. 명색이 문학 서클 회장이라는 사람이 가지고 있는 시집은 이우영 시인 것밖에 없었다. 그것도 저번 강연회에서 공짜로 받은 사인본이었다. 부끄러운 마음이 들었다. 용돈이 생기면 시집부터 사야겠다고 마음먹었다.

한 여자애가 선 채로 시집을 읽고 있었다. 나는 그 애가 유라라는 사실을 단박에 알아봤다. 그 아이가 속초 토박이가 아니라는 것도 알 수 있었다. 세련된 헤어스타일과 옷차림도 그랬지만 얼굴 화장이 달랐다. 속초 여자애들은 우스꽝스러운 색조 화장 때문에 일본 가부키 배우를 연상시켰다. 유라는 한 듯 안 한 듯하면서도 이목구비를 뚜렷하게 드러냈다. 더구나 시집을 넘기는 긴 손가락의 흰 손. 내가 상상하던 문학소녀의 모습이었다. 그래서일까 좀처럼 먼저 말 걸 용기가 나지 않았다.

"너 차동윤이지?"

내가 화들짝 놀라 고개를 들었다. 내가 유라 주위를 맴돌자 나를 알아차린 듯했다.

"반가워. 나유라야. 거꾸로 해도 나유라야. 어때 외우기 쉽지?"

나긋나긋하면서도 또렷한 발음이었다. 시 낭송을 하면 제격일 듯싶었다. 우리는 각자의 시집을 계산하고 서점을 나왔다. 유라가 시집을 사는 바람에 나도 얼떨결에 사버린 것이다. 나는 유라가 읽다가 내려놓은 『어느 날 나는 흐린 주점에 앉아 있을 거다』를, 유라는 『서른, 잔치는 끝났다』를 골랐다. 시집 가격이 딱 5천 원이었다. 빵집은 포기해야 했다. 그나저나 스물도 안 된 여자애가 서른이면 잔치가 끝난다는 저런 요망스러운 제목의 시집을 고른 이유가 뭔지 궁금했다. 단순히 잘 팔리는 시집이라서 샀다면 좀 실망이었다.

"여기 즉석 떡볶이가 그렇게 유명하다면서?"

유라는 내게 묻지도 않고 짱구네 분식으로 들어갔다. 서점 바로 옆이었다. 학생들에게 인기 있는 분식집이었다. 소공녀 같은 여자애가 이런 것도 먹나 싶었다. 피자나 햄버거는 몰라도. 즉석 떡볶이와 내장 듬뿍 순대, 튀김에 쿨피스까지 내게는 묻지 않고 음식을 시켰다. 괜찮지? 하고 유라가 물었을 때 나는 숨이 멎는 줄 알았다. 아마 자기 마음대로 시켰는데 괜찮냐는 말이었을 텐데, 이 정도 계산할 만한 돈을 가지고 있는 거냐고 들렸다.

사실, 유라가 분식집으로 가자고 했을 때부터 마음 한쪽이 덜덜거렸다. 수중에 한 푼도 없었기 때문이다. 눈치챘는지 유라가 본인이 사겠다고 했다. 자기 맘대로 시켜서 그래야 한단다. 그러곤 쿠폰 하나를 내밀었다. 여고 축제에서 피아노를 쳐주었다가 얻은 거라고 했다. 짱구네 분식 1만 원 이용권이었다. 학생들 대상으로 장사하는 속초 시내 가게들은 대개 현금보다는 이용권으로 축제 후원을 했다. 나는 속으로 안도의 한숨을 쉬었다.

"그 시집은 왜 고른 거야?"

탁자 위에 올려진 『서른, 잔치는 끝났다』를 가리키며 말했다. 유라가 포크에 당면을 돌돌 말아서 그 위에 밀떡을 올려놓고 있을 즈음이었다. 라디오에서는 한스밴드의 <오락실>이라는 노래가 흘러나왔다.

"아빠가 시를 썼어."

유라가 말했다. 공교롭게도 "난 아빠를 믿어요, 아빠 곁엔 제가 있어요"라는 가사가 흘러나올 즘이었다. 어쩐지 시인의 딸이었구나. '아빠가 시를 쓴 것과 그 시집 제목이 무슨 연관이지?' 하고 물으려다 말았다. 유라가 먼저 대답을 해버린 것이다.

"딱 서른에 돌아가셨대. 시집 한 권 못 내고…."

아, 하고 나는 짧은 탄식을 내뱉었다. 상처가 있는 아이구나. 그래서 시를 쓰는구나. 유라가 다이어리를 꺼내 뭔가를 보여주었다. 바다를 배경으로 멋지게 담배를 피우고 있는 젊은 남자의 모습이었다.

"우리 아빠야. 내겐 뮤즈 같은 존재야. 시를 쓸 때 아빠를 생각하면 시상이 잘 떠오르거든."

한의원을 제집처럼 드나드는 할머니 말로는 제대로 된 의사가 나오려면 적어도 삼대 전부터 의사가 나와야 한다고 했다. 유라를 보니 시를 쓰는 것도 집안의 문학적 분위기 같은 것이 있어야 하지 않을까 싶었다. 떠올려 보면 함경도 피난민 후예인 우리 집안은 모두 가방끈이 짧았다. 엄마가 상고를 졸업하기는 했지만 할머니는 까막눈이고 아빠는 중학교밖에 나오지 못했다. 유라에 비하면 나는 어떠한 문학적인 배경도 없었다. 조금은 부끄러웠다.

"난, 난…, 윤동주가 뮤즈야."

나도 시와 관련해서 뭔가를 지껄여야 할 것 같았다. 중학 시절, 집 근처의 고물상에 놀러 갔다가 얼핏 읽어본 책이 윤동주 시집이었다. 몇몇 시를 빼놓고는 제대로 이해조차 못 하는 작품들이기는 했는데, 분명 그때 나는 시의 세례를 받았는지도 몰랐다. 시어와 시어 사이, 행과 행 사이에 어쩌면 더 큰 의미가 숨겨져 있을지 모른다고 느꼈으니까. 그 시적 영혼이 오랫동안 잠들어 있다가 이우영 시인의 강연을 듣고 다시 깨어났는지도 몰랐다. 더구나 뽀다구는 나의 「내(川)」를 가지고 윤동주의 시와 비교하지 않았던가.

"그런데 황지우는 윤동주와 좀 결이 다른 거 같은데?"

유라가 내 앞에 놓인 시집을 눈으로 가리키며 말했다. 황지우가 누군지도 모르는 마당에 덥석 집어 든 거였다. 단지 유라가 읽고 있었다는 이유로 난생처음 사본 시집.

"너, 서울에서 살다 왔지?"

내가 말을 돌렸다. 더 얘기하다가는 내 수준이 '뽀록'날 것 같았다. 실망한 나머지 함께 서클 활동을 못 하겠다고 하면 큰일이었다.

"응, 어떻게 알았어? 선생님이 말해 줬구나."

"아니, 그냥 그렇게 보였어."

"내가 그렇게 티가 많이 나나? 하긴 여기 애들은 좀 구리더라."

구리다니! 서울 애들은 싸가지가 없다더니 그 말이 맞나 싶었다. '속초 성애주의자' 뽀다구가 들었다면 테이블이 뒤집혔을 것이다. 오늘따라 녀석은 부모님 식당일을 도와야 한다고 해서 함께 오지 못했다.

"원래 파문은 가장자리에서 가장 커진다고! 중심에서는 이미 사라진 것이지만."

나는 예전 이우영 시인의 강연에서 들었던 말을 떠올렸다.

"무슨 말이니?"

"서울에서는 사라진, 뭔가 가치 있는 게 이곳 속초에는 남아 있다는 말씀."

내 말에는 저항감이 섞여 있었다. 이를테면 중심의 폭력 같은 것에 대해.

"미안, 뭐 속초가 나쁘다는 건 아니야. 사실, 아빠의 유골을 속초 앞바다에 뿌렸어. 엄마 아빠가 이곳으로 신혼여행을 왔대. 나도 가끔 아빠가 보고 싶으면 속초가 생각나곤 했어."

따지고 보면 내가 이 도시를 마냥 좋아하는 것은 아니었다. 천혜의 자연경관 때문에 늘 관광객들로 북적이지만 뭔가 특별히 내세울 만한 문화라는 것이 없었다. 제대로 된 종합대학 하나 없는 도시라 스무 살이 되면 젊은 사람들은 죄다 외지로 나갔다. 식당, 상점, 호텔이나 리조트만 가득했다. 돈맛을 본 사람들이 부동산 붐을 일으켜 속초 전역이 난개발에 시달리고 있었다.

　문학회 활동을 하겠다는 학생들을 응원해주지는 못할망정 어떡하든 꼬투리를 잡으려는 학교 측의 행태도 ―뽀다구가 즐겨 쓰는 표현으로 말하자면― '천민자본주의'의 한 변형인지 몰랐다. 무조건 서울권 대학에 보내는 것이 지방 명문 타이틀을 지키는 것이라고 주장하고 있으니 말이다. 한때 속초가 강원도의 시의 수도였다는 말이 진짜인가 싶었다.

"근데 어떻게 속초로 내려오게 됐어?"

"엄마 가게가 망했어. 아는 분이 속초에 있는 가게를 운영해볼 생각이 있느냐고 해서 내려온 거야. 벌써 2년 됐네."

"무슨 장사를 하는데?"

"술집 장사. 우리 양 여사는 마담이고."

"양 여사?"

"우리 엄마."

　나는 쿨피스를 마시다가 사례가 걸렸다. 다행히 테이블이 아닌 바닥에 쿨피스를 뿜었다. 이런 아이를 두고 어른들은 맹랑하다고 표현하는지 몰랐다. 저렇게 새하얀 피부와 티 없이 예쁜 얼굴, 아나운서같이 세련된 말투를 쓰는 아이의 엄마가 술집 마담이라니! 나는 뽀다구와 나래 외에는 친구들에게 엄마가 무당이라는 사실을 입 밖에 낸 적이 없었다. 사람들에게 엄마는 기피되는 존재일 뿐이었으니까.

"사람들에게 늘 그런 식으로 얘기하니?"

내가 티슈로 입을 닦으며 말했다.

"아무에게나 하는 말은 아니야. 사람 보아가면서 해."

나를 무시한다는 뜻은 아닌 것 같았다. 그 말을 하는 표정이 조금은 우울하게 보였으니까. 짧은 침묵이 흘렀다.

"실은, 우리 엄만 무당이야."

나는 말하고 나서 침을 꿀꺽 삼켰다. 왠지 그렇게 말해야 할 순간 같았다. 그런데 뜻밖이었다. 호호호, 유라의 웃음소리가 분식집 안을 가득 메웠다.

"너와 좋은 친구가 되고 싶어."

유라가 손을 내밀었다. 얼굴이 빨개지는 것 같았다. 이런 게 서울식 인사법인지도 몰랐다. 이곳에서는 친구 사이에 그런 식으로 말하는 경우가 없었다. 친구면 이미 친구지 친구가 되고 싶다고 굳이 말하지 않았다. 그건 아마도 대시할 때나 하는 말일 것이다. 나는 얼떨결에 손을 내밀었다. 유라의 손은 병아리만큼 작고 부드러웠다. 모르겠다. 시가 그랬듯이 그때부터 유라가 내 마음에 퐁당, 하고 파문을 일으키며 빠져들었는지는.

"그니까 서클 같이한다는 말이지?"

내 말에 유라가 고개를 끄덕였다.

"그런데 그거 중간에 해체되어 버리는 거 아니니?"

"모임 장소도 마련했고 회원 수도 꽤 돼."

"우리 학교에서는 장지기가, 너네 학교에서는 조지기라는 선생님이 문제라며?"

바람소리 모임을 처음부터 방해하던 학생부 교사들이었다. 특히 조지기는 자기 반 학생인 재호가 바람소리에 가입했다는 사실을 알고부터는 사사건건 태클을 걸었다. 나래나 나나 툭하면 학생부 교무실로 불려 나가 훈계를 듣기 일쑤였다.

"학교가 학생의 취미활동까지 이래라저래라 할 순 없는 거 아냐? 적어도 서울에서는 이러지 않을 거야, 그렇지 않아?"

"물론이지 서울 같으면 문학회를 한다고 하면 유명작가나 시인이라도 불러줄걸? 어쩌면 생기부에 좋은 이력이 될지도 모르니까."

자랑하고 싶은 것인지 비꼬는 말인지 헛갈렸다. 서울 애들은 말을 애매하게 하는가 싶었다.

"하여튼 이 촌구석에 산다는 것이 쪽팔린다. 서울 애들은 지방은 다 시골이라고 말한다면서? 이 변방 중에서 변방인 속초는 뭐 거의 오랑캐 취급을 하려나?"

"적어도 이 도시에서는 편은 가르지 않잖아?"

유라의 표정이 굳어졌다. 나는 고개를 갸웃했다.

"과외를 받을 수 있는 애와 없는 애, 일반 아파트에 사는 애와 임대 아파트에 사는 애, 메이커 점퍼를 입을 수 있는 애와 없는 애. 서울에서는 그런 식으로 친구를 편 가르기 해. 학부모들이 조장하고 교사들은 방관하고…."

서울을 한껏 비꼬고 있는 게 확실했다.

"그치, 그러니까 서울은 시가 죽은 거구 여기에서는 시가 다시 살아나는 것 아니겠어?"

내가 어깨를 펴며 말했다.

"시가 살아난다고? 내 생각에는 서울이나 여기나 시는 다 죽었어."

"아냐, 봐라, 바람소리가 부활하고 있잖아. 9년간 명맥이 끊기기는 했지만 이렇게 살아나고 있어. 바람소리가 다시 우뚝 서게 된다면 우리 속초는 시 공화국이라는 명성을 되찾을 거야."

"시 공화국?"

나는 고개를 위아래로 끄덕였다. 유라가 한참을 깔깔대고 웃었다. 학교가 아무리 방해하더라도 왠지 나유라만 있으면 헤쳐 나갈 수 있을 것만 같았다. 유라와 헤어진 뒤, 버스 안에서 유라가 준 종이를 펼쳤다. 유라의 자작시가 쓰여 있었다. 회원이 되기 위해서 제출한 작품이었다. 「낡은 벽시계」라는 시였다.

방 한구석에 걸려 있는 낡은 벽시계
퇴색한 나무 빛깔에서 풍기는 시간은
오랫동안 비틀어지고 늘어져
가슴에 작은 틈새들을 새겼다
바람을 휘가르는 추의 울림은
틈새를 맴돌아
넉넉한 세월을 엮는다
똑딱거리며 재촉하던 초침을 버리고
자신이 시계인 것도 잊은 시계
사람들의 그칠 줄 모르는 눈길마저도
틈새 안으로 담아 놓는다

시간 속에서 사는 사람들
낡은 시계를 마음 한구석에 걸어놓을 수 없을까

아까 유라가 한 말 때문이었을까? 나는 이 시가 아빠와의 추억을 이야기하는 작품이라고 생각했다. 유라의 마음속 낡은 시계는 아빠와 행복했던 시간을 가리키고 있지 않을까? 어쩌면 그 시간은 호수처럼 고여 있는지도 몰랐다. 영원히 흐르지 않는, 젊은 아빠와 어린 유라의 시간으로 가득한 호수.

나는 시계추처럼 머리를 양쪽으로 흔들어 보았다. 내 안에서도 낡은 시계 하나가 재깍재깍 돌아가고 있는 것 같았다. 버스 차창 밖으로 수복탑(收復塔)의 모자상(母子像)이 보였다. 머리에 보따리를 인, 치마저고리 차림의 어머니가 아이 손을 잡은 채 북쪽을 향하고 있는 동상이었다. 그 때문인지 내 안의 낡은 시계는 지난 여름방학을 가리키고 있었다. 엄마와 2년 만에 만나 함께 보냈던 한 달, 내 마음에 호수처럼 고여 있는 시간.

영혼의 생명수

 엄마는 속초와 이웃한 고성의 한 산골 마을에서 살고 있었다. 금강산 일만이천 봉우리 중에서 첫 번째, 신선봉 아래에 있는 곳이었다. 버스를 세 번이나 갈아타야 하는 오지 마을이었다. 여름방학 동안 엄마와 같이 보내기로 했다. 아빠한테는 간신히 허락을 받았다. 야뇨증 증세 때문이었다. 아빠한테 오줌에 젖은 이부자리를 들킨 것이다. 그 전에는 용케 숨겨왔는데, 지각하지 않으려고 서두르는 바람에 이부자리를 그냥 펴 놓고 온 것이다. 나이 열여덟에 야뇨증이라니, 아빠가 놀랄 만도 했다.
 한 달만 엄마 집에 있다가 오라고 했다. 할머니한테는 서울 기

숙학원에 보낸다고 말해 놓겠다고 했다. 나는 내 귀를 의심했다. 그리고 분명히 느꼈다. 할머니와 달리 여전히 아빠는 엄마를 가족의 일원으로 여기고 있었다. 엄마의 주소를 알려주었다. 담임 선생님에게도 전화해 사정을 얘기해 주었다. 덕분에 여름방학 보충 수업을 면제받을 수 있었다.

"아주 먼 시절에 우리 인간은 모두 너희 엄마 같은 존재였어. 하늘과 자연과 인간이 하나로 연결되어 있었지. 문명을 일구게 되면서 그런 능력이 사라진 거야. 동윤이 엄마는 그런 능력이 유전자 깊숙한 곳에 남아 있다가 다시 작동하게 된 걸 거야. 그니까 남들 시선 따위는 신경 쓰지 마. 엄마는 우주의 근원 어딘가와 연결된 분이셔. 마치 시인처럼."

내가 떠나기 전에 담임이 말했다. 그러고는 낡은 책 하나를 건넸다. 15년 전의 영고 문집이었다. 문집에는 이우영 시인의 동화 한편이 실려 있었다. 나는 엄마에게로 가는 시골버스 안에서 그 작품을 읽었다. '산골 정류소'라는 제목이 달려 있었다. 내용은 다음과 같았다.

"내가 없어도 집 잘 지켜야해."

미류가 사자들에게 말합니다. 녹슨 철제 대문에 박힌 사자 얼굴을 두고 한 말입니다. 대문 양쪽에는 각각 문고리를 물고 있는 사자 얼굴이 붙어 있습니다. 아들을 홀로 두고 집을 나설 때마다 미류 엄마는 이렇게 말했습니다.

"미류야, 이것 보렴. 하나도 무섭지 않을 거야. 사자들이 아무도 얼씬 못하게 할 테니까."

미류는 그렇게 믿기로 했습니다. 마을에서도 꽤 떨어져 있는 미류의 집은 밤만 되면 산짐승 울음소리가 들려왔습니다. 미류는 티브이 프로그램에서 본 하이에나 목소리 같다고 생각했습니다. 우리나라에 하이에나가 살지 않는다는 것을 모르지는 않습니다. 하지만 하이에나보다 더 무서운 동물일지 모른다는 생각이 들었습니다. 엄마는 그 울음소리의 주인이 노루라고 했습니다. 하지만 믿어지지 않았습니다. 아홉 살 작은 미류를 봐도 깜짝 놀라 도망치는 순한 얼굴의 노루가 그렇게 괴상하고 무시무시한 소리를 낼 리가 없었습니다.

마당까지 환히 전깃불을 켜 놓고 자도 왠지 짐승 발소리가 들리는 것 같아 잠을 이루지 못했습니다. 그렇지만 엄마 말대로 사자들이 집을 지켜주고 있다고 생각하면 마음이 놓였습니다. 꿈속에서 그 사자들은 대문을 빠져나와 하이에나 녀석들을 혼내 주기도 했으니까요. 미류는 사자의 입에 달린 문고리를 두어 번 만지작거리다가 이내 사립을 나섭니다.

사립부터는 길게 마른 길이 나 있습니다. 푸른 하늘과 맞닿은 붉은 길이 저쪽 언덕으로 넘어가고 있습니다. 한 달 넘게 비가 내리지 않은 탓에 길가의 풀잎들이 흙먼지를 잔뜩 뒤집어쓰고 있었지만, 길옆으로 난 농수로에는 아직 맑은 물이 졸졸 흐르고 있습니다. 논두렁에 환하게 핀 달걀 꽃들이 바람과 재잘거리며 온몸을 흔들고 있습니다. 미류는 조심스럽게 흰 종이를 펼쳐 듭니다.

바닷가 마을에 일하러 간 엄마

하룻밤만 자면 온다고 했는데요

광주리 이고 타박타박 지금쯤 재를 넘어오나요

내 옷만 사지 말고 엄마 화장품도 사 오세요

뒷산에서 울리는 짐승 소리

엄마 오는 오늘 밤이면

하나도 무섭지 않아요

미류는 새삼 가슴이 확 차오릅니다. 군 대항 백일장에서 '우리 엄마'라는 제목으로 쓴 동시입니다. 미류는 저학년부 장원을 받았습니다. 엄마가 오면 제일 먼저 보여 줄 생각으로 상장과 동시를 들고 나선 것입니다.

어젯밤 미류는 집에서 홀로 잠들어야 했습니다. 마을 상회 어른댁에서 자라고 엄마가 신신당부했지만 그러지 않았습니다. 혹, 이부자리에 오줌을 지릴 수 있어서였습니다. 미류는 엄마 없는 날이면 종종 자다가 오줌을 쌌습니다. 한밤, 문풍지 사이로 들락거리는 바람 소리마저 꼭 하이에나 울음소리로 들렸습니다. 이불을 머리까지 끌어올리면서도 미류는 마음이 설레었습니다.

"오늘 하룻밤만 자면 엄마가 오는 날이야."

미류는 보물 상자처럼 열리는 엄마의 여행 가방도 생각합니다. 가방 속에는 미류에게 줄 과자가 가득했습니다. 가끔은 미류의 새 신발과 새 옷을 넣어 오기도 했습니다. 이번에는 외삼촌이 사 놓았다는 전자시계를 가져오기로 했습니다.

엄마를 기다리는 날들은 왜 이렇게 더디 가는지, 학교에서 돌아와도 아직 해는 하늘 높이 떠 있습니다. 수업이 끝난 친구들과 축구를 하고 와도, 또 가끔은 교실에 남아 동화책을 한참 보고 와도 마찬가집니다. 요즘같이 여름이 시작되는 때에는 하루가 훨씬 길게 느껴집니다.

집에 돌아와서 입이 궁금하면 마른 명태를 연탄불에 구워 먹곤 했습니다. 이미 계절이 많이 바뀌었지만 엄마가 재 너머에서 가져온 명태는 아직 몇 쾌나 쌓여 있습니다. 여름이 끝나면 엄마는 마른오징어를 또 몇 축 들고 올 겁니다. 이곳은 산골이지만 바다가 그리 멀지 않습니다. 밤에 혼자 자다 보면 멀리서 파도 소리가 들려오기도 합니다. 맑은 날이면 마을 중턱에 있는 학교 옥상에서도 푸른 바다를 볼 수 있습니다.

미류 엄마는 이번에도 멀리서 큰 배가 들어왔다는 바닷가 도시에 나갔습니다. 거기에는 외삼촌 집이 있어서 하루 이틀 정도 엄마는 그곳에서 머무릅니다. 그렇지만 오늘은 분명히 엄마가 오는 날입니다. 어제 외삼촌한테서 전화가 왔으니까요.

마을회관 앞 버스정류소에 도착한 미류는 평상에 앉아 엄마를 기다립니다. 버스에서 내린 엄마의 손을 잡고 집으로 걸어가는 길이 미류는 세상에서 가장 환하고 행복했습니다. 이미 여러 대의 버스가 지나갔습니다. 버스가 지나갈 때마다 미류의 엉덩이가 들썩입니다. 가슴이 한없이 부풀어 올랐다가 또 한없이 타들어 갑니다.

해가 산 너머로 지고 있습니다. 미류는 초조해집니다. 애써 마을회관 앞의 우물을 퍼 올리며 개수로에 물을 붓곤 합니다. 저녁이 되자 개구리들이 우물가로 몰려들었기 때문입니다. 개구리들이 물에 잠기자 폴짝폴짝 뛰며 좋아합니다.

아직 막차가 오려면 긴 시간이 남았지만, 엄마가 이렇게 늦게 온

적은 없습니다. '오늘도 오지 않는 걸까?'라고 생각하자 콱 목이 메고 눈물이 글썽거려집니다. 바깥의 풍경들이 흐려지는가 싶더니 우물 바가지 안으로 눈물 한 방울이 풍당 떨어집니다.

"여 들어와 저녁 먹으래이."

마을 상회 할머니가 말합니다. 할머니는 엄마와 친척보다도 가깝게 지내는 분입니다. 엄마가 없을 때는 아침, 저녁밥과 점심 도시락을 챙겨줍니다.

"엄마 오면 같이 먹을래요."

배가 고파 왔지만 미류는 고개를 저었습니다. 포근한 바람결이 미류의 머리를 쓰다듬고 지나갑니다. 대숲이 사르르, 아카시아 향을 불러들이고 있습니다. 뒷산에서는 풀벌레 울음소리가 그치지 않습니다. 사르르 눈이 감겨 옵니다. 미류는 꿈나라로 들어갑니다.

집이 보입니다. 대문 앞에서 사자들이 하이에나들을 쫓고 있습니다. 환한 창문 속으로 미류와 엄마가 보입니다. 미류는 엄마에게 상장과 시를 보여줍니다. 엄마는 미류를 안아 주며 기뻐합니다. 엄마는 미류에게 새 옷을 입혀 봅니다. 꼭 맞습니다. 가방을 열어 보입니다. 가방 속에는 외삼촌이 보낸 전자시계가 있고 마을 상회에서는 구경도 못 할 맛나는 과자들이 있습니다. 엄마는 벌어온 돈을 세고 있습니다. 제법 두툼합니다. 미류는 과자를 입에 넣고 한 손에 찬 전자시계를 보며 활짝 웃습니다. 한밤 오랜 시간이 지나도록 미류의 산골 집에는 전깃불이 꺼질 줄 모릅니다. 어두운 하늘 저쪽에서도 미류의 아빠별이 환하게 웃고 있습니다.

"미류야!"
꿈결 어디선가 엄마의 목소리가 들립니다. 엄마는 모처럼 외삼촌의 용달차를 타고 지름길로 돌아왔습니다. 미류는 지금 버스정류소 평상에서 잠들어 있는데요. 엄마는 황급히 신발을 고쳐 신고 정류소로 향합니다. 미류의 꿈결을 따라 달님이 환하게 길을 열어 줍니다. 길 저편에서 엄마가 미류를 부르며 뛰어오고 있습니다. 잠든 미류의 입가에 미소가 번집니다. 이제 미류는 엄마의 등에 업혀 자장자장 자장가를 들으며 달빛 쏟아지는 언덕으로 내려갈 것입니다.

엄마와 길이 어긋난 미류가 꿈결에서 엄마를 만나는 장면에서 목이 멨다. 아마도 미류는 이우영 시인 자신이었을 것이다. 한밤 꼬박 엄마를 기다리며 밤을 새웠을 아이가 눈앞에 그려졌다. 그런 엄마마저 얼마 후 하늘나라로 떠나보냈을 미류, 나처럼 엄마 생각에 야뇨증을 앓았던 미류, 하지만 무럭무럭 자라나 시인이 된 미류. 나는 이우영 시인이 미래에서 온 내 모습이지 않을까 하는 생각마저 들었다.

물론, 나는 이 시인보다는 나은 편이었다. 할머니와 아빠가 늘 집에 있으니 말이다. 하지만 엄마를 기다리는 마음만큼은, 이렇게 엄마를 찾아가는 마음만큼은 미류, 그러니까 소년 이우영의 그것과 다르지 않을 것이다. 담임이 이 글을 보라고 한 이유이지 않았을까.

2년 만에 본 엄마는 몸 상태가 훨씬 좋아져 있었다. 얼굴도 밝아져서 예전의 모습으로 돌아왔다. 어린 시절 엄마는 늘 내게 동화책을 읽어주었다. 책 읽는 것을 좋아해서 도서관에 자주 들러 자신이 좋아하는 책은 물론이고 내가 흥미를 보이는 분야의 책을 빌려오곤 했다. 그런데 내가 중학교 들어갈 무렵부터 엄마는 '신병'이라는 것을 앓았다. 신병은 무당이 되기 위해 반드시 거쳐야 할 관문이었다. 몸을 찢는 듯한 통증과 환각, 환청 등에 시달리는 무서운 병이었다. 병원에서도 그 원인을 찾지 못했다. 단지 약만 처방해줄 뿐 뚜렷한 치료법이 없었다.

엄마 말로는 무당은 되고 싶어서 되는 것이 아니라 신의 선택을 받아야 한다고 했다. 물론, 그 신이라는 것이 상상의 산물일

수도 있지만. 어쨌든 신의 선택을 받았는데도 무당이 되지 않으면 신병이 더 심해진다고 했다. 엄마는 정신과 치료도 받고 심지어 교회며 절 등을 돌아다녔지만 병은 호전되지 않았다.

아빠가 잠수 사고를 당해 하반신을 못 쓰게 되면서 엄마는 결국 무당이 되었다. 그리고 우리 가족을 떠났다. 할머니가 쫓아내다시피 한 것이다. 엄마도 순순히 받아들였다. 할머니는 아빠가 사고를 당한 것이 엄마 때문이라고 여겼다. 엄마한테 깃든 신령이 주위 사람들을 해코지한다는 것이다. 아빠처럼 나에게도 화가 미칠 수 있고 무엇보다 '무당 남편'이나 '무당 자식'이라는 말을 듣게 할 수는 없다고 했다.

엄마가 사는 집은 마을에서도 조금 떨어진 농가 주택이었다. 집 뒤로 울창한 대나무 숲이 있고 마당 앞으로 시냇물이 흘렀다. 전기만 겨우 들어올 뿐 난방은 아궁이에 불을 때야 했고, 화장실은 재래식이었으며 물은 상류 계곡에서 호스를 연결해서 썼다. 아마 동화 속 미류 집도 비슷하지 않았을까? 여름이라도 새벽에는 추워서 저녁에 마른 솔가지로 불을 땠다. 엄마는 새벽에는 기도하고 낮에는 밭을 맸다. 가끔은 굿을 하러 나갔다가 하루 이틀 뒤에 돌아왔다.

엄마가 없는 날이면 오리들과 장난치며 놀았다. 엄마 집에는 새끼오리 서른 마리 정도가 있었다. 녀석들은 마당 앞 시냇물 웅덩이에서 놀다가 먹이통을 두드리면 득달같이 달려왔다. 가끔은 사료를 넣지 않은 채 먹이통만 두드렸다. 사료가 없는 것을 확인하고 실망한 듯 뒤뚱거리며 시냇가로 향했다. 그러다가도 또 먹이통을 두드리면 신나게 달려왔다. 텔레비전은 없고 인터넷도 안 되었지만 오리 키우는 재미로 한 달여를 보낼 수 있었다.

내가 속초로 돌아올 즈음에 놈들은 거의 서너 배는 커졌는데 사람으로 치면 딱 내 나이쯤이었다. 자습서는 거의 손대지 않았다. 대신 담임 선생님이 준 영고 문집은 거의 외울 정도로 되풀이해 읽었다. 엄마는 징이나 장구를 두드리며 알 수 없는 노래를 부르곤 했다. 소리를 들으면 그 이면에 다가갈 수 있다는 이우영 시인의 말을 떠올리며 엄마의 노래에 귀를 기울였다.

엄마는 날마다 내게 '정화수'를 마시게 했다. 정화수는 엄마가 새벽마다 상류 계곡에서 떠온, 하늘과 땅의 신령들에게 바치는 물이었다. 시원하고 달았다. 엄마는 그 물이 생명수라고 했다.

"생명수?"

"바리데기 할미가 죽어가는 아버지를 살린 물."

엄마가 대답했다. 바리데기라면 문학 교과서에서 본 신화의 주인공을 말하는 것 같았다. 아버지를 살린 대가로 왕국을 주겠다는 제안도 뿌리치고, 죽은 사람의 원혼을 달래주는 저승의 신이 되었다는 한 공주의 이야기였다. 엄마는 그 공주를 할미라고 부르고 있는 거였다. 문학 교과서에 나온 신화가 엄마의 세계와 관련이 있다는 것이 신기했다.

"바리 할미는 우리 지모와 사니들 모두의 어머니야."

지모와 사니란 각각 여자 무당, 남자 무당을 가리키는 말이라고 했다.

"그 할미가 직접 가져다준 생명수가 아니잖아?"

내 말에는 원망이 섞여 있었다. 다름 아닌 바리데기가 우리 가족으로부터 엄마를 떼어놓은 존재라는 생각이 들었기 때문이다.

"동윤아, 엄마가 떠온 물은 할미가 내려준 생명수야. 시베리아 한가운데에는 세상에서 가장 오래되고 가장 맑으며 가장 깊은 호수가 있대. 예부터 우리나라 사람들이 생각하는 이 세상의 끝이었다는 곳이래. 왠지 그곳은 엄마 같은 사람들의 진짜 고향이라는 생각이 들어. 바리 할미도 꼭 그곳에 계신 것만 같구. 엄마는 새벽에 정화수를 올릴 때마다 그 호수에 가닿는 걸 느껴."

엄마가 말했다. 어렸을 적 내게 동화를 읽어주던 그 말투였다. 엄마의 꿈은 초등학교 교사였다고 들은 적이 있었다. 외할아버지가 갑자기 돌아가시는 바람에 대학을 포기할 수밖에 없었다고 했다. 엄마가 무녀가 되지 않았으면 시인이 되지 않았을까 하는 생각이 문득 들었다.

"바른 마음만 가지면 어떡하든 살아, 알겠니?"

버스정류소에서 엄마가 말했다. 나는 고개를 끄덕였다. 누구든 엄마의 직업을 가지고 놀려도 흔들리지 않으리라고 생각했다. 적어도 엄마를 부끄러워하는 마음은 바른 마음이 아니니까.

엄마에게 다녀온 후로 더는 이부자리에 오줌을 지리지 않았다. 깊은 산속의 공기, 관솔불의 매캐한 연기와 아랫목의 뜨끈한 열기, 재래식 화장실의 구수한 냄새가 야뇨증을 고쳐 놓았는지 몰랐다. 물론, 변함없이 따뜻한 엄마의 품도 한몫했을 것이다. 어쩌면 정화수가 정말 치유의 힘을 가진 생명수인지도 몰랐다. 엄마의 정성이 가득 담긴 물이었으니까 말이다.

> 아버지요 뼈 생겨나소. 아버지요 살 생겨나소.
>
> 아버지요 힘줄 생기고 아버지요 일신이 생기소.
>
> 이리 씨 담구 저리 씨 담고
>
> 아버지 온 일신이 생겨나는구나.

돌아오는 버스 안에서 엄마가 가르쳐준 노래 한 구절을 흥얼

거려 보았다. 바리데기가 죽어가던 아버지 오구대왕을 살리면서 부른 노래였다. 바리데기의 생명수를 마신 오구대왕이 뼈와 살을 얻어 다시 생명을 얻는다는 내용이었다. 가늘어진 아빠의 다리가 떠올랐다. 아빠도 다리 힘줄이 생겨나고 살이 붙어 다시 걸을 수 있었으면 했다. 안타깝게도 내게는 생명수가 없지만 말이다. 그런데 문득 떠오르는 생각이 있었다. 내가 쓰는 시가 그 누군가의 영혼에는 생명수가 될 수 있으리라는.

5 조지기의 '교정', 교육

아침부터 조지기의 호출이 있었다. 학생부 부장인 조지기는 늘 학생들 등교 시간에 맞춰 출근했고 교무실에 앉자마자 학생들을 불러댔다. 그 시간에는 눈치 볼 다른 교사들이 거의 없어 학생을 마음 놓고 '조질' 수 있었다. 이번에도 당장 바람소리를 해체하라고 했다. 이유인즉슨 남녀 학생들이 으슥한 컨테이너에 모여 춤을 추고 술을 마신다는 거였다. 뜨끔하기는 했다. 아마 춤을 춘 건 랩스타 철민이었을 것이다. 술은 뭐, 마시기는 했다. 랩스타의 생일이었다. 생일 케이크며 이것저것 사 와서 작은 파티를 했다.

그런데 뽀다구 녀석이 소주 두 병을 가방 속에 챙겨 온 것이다. 안주 될 만한 몇 가지도 비닐에 넣어왔다. 부모님 식당에서 슬쩍한 듯싶었다. 나래가 나서서 안 된다고 했지만 유라가 눈빛을 빛냈다. 원플 자매도 손뼉을 쳤다. 원래 술꾼으로 이름난 랩스타는 말할 것도 없었다. 모두 나와 재호만 쳐다봤다. 마시자, 마시자구, 뽀다구의 표정이 그렇게 말하고 있었다. 담배를 권하던, 예의 악동 같은 표정을 지으면서.

나는 재호에게 고개를 돌렸다. 그러자 재호가 능숙하게 소주를 땄다. 아이들이 환호성을 질렀다. 에라 모르겠다, 나도 소주를 홀짝홀짝 들이켰다. 두 병은 금세 바닥을 드러냈다. 하지만 한 사람당 한두 잔밖에 돌지 않은 것이다. 덕분에 기분만 살짝 좋은 상태였지 취하거나 하지는 않았다.

"그랬어? 안 그랬어?"

"그런 일 없었습니다."

나는 딱 잡아뗐다. 한 잔이고 열 잔이고 조지기에게는 마셨다는 것 자체가 중요했다. 만약 사실대로 말한다면 컨테이너를 소개해준 담임 선생님은 물론, 우리에게 흔쾌히 컨테이너를 내어준 담임의 지인도 문제가 생길 수 있었다. 더구나 바람소리는 해체의 운명을 맞이할 것이다.

"그런데 왜 그런 말이 나한테 들리지, 어? 대답해봐."

조지기는 당구 막대로 내 배를 콕콕 쑤시면서 말했다.

"아, 며칠 전 회원 생일이라서 파티를 한 적이 있었습니다. 그때 음료수 잔이 없어서 소주잔에 따라 마신 적이 있어요."

컨테이너에는 작은 싱크대도 갖춰져 있었는데 싱크대 윗장에는 수십 개의 소주잔과 맥주잔이 켜켜이 쌓여 있었다. 아마도 이전의 건설 직원들이 두고 간 모양이었다. 그날 우리는 소주잔을 요긴하게 써먹은 셈이었다.

"너 말을 그대로 내가 믿어준다고 해도 다른 사람들은 그렇게 보지 않아, 어? 남녀 학생들이 그것도 실업계 애들까지 껴서 희희낙락거리다 보면, 어? 사고가 나게 돼 있어. 글고, 너 괜히 재호같이 얌전히 공부 잘하는 학생을 꼬드겨서 말이야. 재호 서울대 못 가면 너가 책임질 거야, 어?"

또 재호 타령이었다. 정 그러시면 재호한테 직접 말씀을 하시던가, 목까지 그런 말이 차올랐다.

"제가 꼬드긴 게 아니라 자기가 하고 싶다고 해서…."

"그게 그거야, 어? 시인지 시 나부랭이인지 바람 잔뜩 넣어준 게 너 아니냔 말이야. 너 성식이란 놈과 함께 회원 모집한다고 교실을 돌아다녔다며?"

"그게 뭐 잘못된 겁니까?"

"잘못? 자알못? 요놈 봐라. 내가 잘못됐다면 잘못된 거지, 어디서 눈을 부라리고…."

조지기는 당구 막대로 내 머리를 한 대 때렸다. 딱, 소리가 교무실을 울렸다. 속에서 뭔가가 찌르륵, 하고 올라왔다.

"우리는 시 읽고 쓸 자유도 없는 건가요?"

내 목소리가 더욱 높아졌다.

"내가 시 읽고 쓰지 말라 했어? 그렇게 좋으면 혼자 하면 되잖아, 어? 왜 떼거리로 몰려다녀. 시는 다 핑계고 그냥 기집애들 만날 궁리로 그러고 다니는 거 내가 모를 줄 알아?"

"그럼 교회 다니는 애들은 왜 가만둬요?"

조지기는 속초 중앙교회 장로였다. 그 교회 다니는 아이들은 조지기의 교정교육으로부터 자유로웠다. 가끔 수업 시간에 제사 지내는 거는 우상숭배이고 야만이라고 말했다. 우리나라가 식민과 전쟁을 겪은 이유도 조상을 숭배하는 풍속 때문이라나 뭐라나. 우리 엄마 같은 무녀는 아예 사탄으로 몰아붙였다. 그럼 나는 사탄의 자식인가?

"얌마, 하나님 뵈러 가는 거랑 연애질하러 가는 거랑 같아?"

"우리는 시를 공부하러 가는 거라구요, 연애질이 아니라."

"그니까 신이랑 시랑 어떻게 같냐구, 어?"

"시인을 짧게 발음해 보세요."

"신!"

조지기는 하라고 진짜 했다. 자신도 당황한 듯했다. 마침 출근한 선생님들이 쿡쿡대고 웃었다.

"너너, 선생님을 놀리는 거야, 어? 아무튼, 그만둬. 정 하고 싶으면 영고인들끼리만 해. 여고나 실업고 애들하고 어울리지 말고."

나는 대답하지 않았다.

"어, 이 자식 봐라, 대답 안 해?"

조지기가 자리에서 일어나 이번엔 내 어깨 위를 막대로 두드리며 말했다. 말 안 하면 본격적으로 때리겠다는 위협처럼 느껴졌다.

"아이고, 조 선생님 제가 잘 타일러 보겠습니다."

담임 선생님이 구원자처럼 나타났다. 내 쪽을 바라보며 눈을 깜박였다.

"박 선생, 애들 저렇게 된 게 다 박 선생 때문이라는 것도 알아둬야 해요. 요즘 세상에 시가 가당키나 해요? 명사 초청 말하는 거예요. 이왕 돈 들이는 거, 어? 우리 영고 동문 중에 얼마나 많아. 변호사나, 기자, 교수도 있잖아. 거 국회의원도 한 명 있구.

그런 사람들이 쌔고 쌨는데…."

조지기는 나 대신 담임에게 분풀이하듯 쏘아댔다.

"아 네, 제 불찰입니다. 저도 그냥 머리나 식혀준다는 것이…, 노여움 푸십시오."

"암튼 박 선생, 내가 주시하고 있어요. 뭐 '참교육'을 한다고요? 이 민주화된 세상에 아직도 그놈의 참교육 타령이오? 박 선생 같은 선생들 때문에, 어? 나 같은 사람만 나쁜 놈이 된다 이 말이에요. 자꾸 애들 편들고 그럼 못 써요. 젊은 혈기에 이해도 못 할 바는 아니지만, 박 선생도 이제 서른하고도 중반이잖아. 좀, 철 좀 들어요, 어? 그리고 내가 어디 애들 편 못 들어서 그러나? 이게 다 선의의 학생들 지켜주려고 이러는 것 아녜요? 이게 다 학교를 위한 겁니다, 알겠어요?"

담임의 눈가에 경련이 일었다. 그간 전교조 소속이라는 이유로 학교로부터 이런저런 불이익을 받아왔다. 조지기는 너 두고 보자, 하고 내게 레이저를 쏘더니 교무실을 나갔다.

"너희들, 그러니까 조심해. 그날 소주 마시고 치우지도 않았다며? 학교 경비한테 들었어. 우리 집안 어르신이라 내가 특별히 부탁해뒀어. 뭔 일 생기면 교장 선생님께 말하지 말고 나한테 얘기하라고. 한 번은 호기심일 수 있으니까 봐주지만 또 한 번 그러면 나도 더 눈감아 줄 수 없어."

담임이 나를 복도 끝에 세워놓고 말했다. 선생님의 얼굴에는 단호함이 묻어 있었지만 말투는 부드러웠다. 하지만 그 부드러운 목소리가 내 잘못을 뚜렷하게 상기시켜주었다. 눈물이 뚝, 하고 떨어졌다. 이놈의 눈물은 시도 때도 없이 터져 나왔다. 담임이 내 어깨를 찬찬히 두드려주었다.

★ ★ ★

며칠이 지났을까. 역시 조지기는 그냥 넘어갈 사람이 아니었다. 나는 말로만 들었던 교정교육을 받게 되었다. 국사 담당인 조지기의 수업은 그야말로 불안과 공포의 연속이었다. 조지기는 말보다는 손이 먼저 올라가는 사람이었다. 마음에 안 들면 솥뚜껑만 한 손으로 아이들의 귀싸대기를 사정없이 날렸다. 혹 조금이라도 반항기가 보이면 체육관으로 데려가 당구대나 야구방망이로 때렸다. 오죽했으면 별명이 걸리면 '조진다'라고 해서 조지기겠는가. 성이 조 씨인 이유도 더했다.

학생 체벌을 금지하는 교육부의 정책도 영고에서는 통하지 않았다. 부모님들은 한술 더 떠, 자기 아이가 맞으면 아이 탓을 하지 교사 탓을 하지 않았다. 새로운 밀레니엄이 도래한 시대에 이 지역은 여러모로 80년대쯤에 머물러 있었다.

하지만 국사는 내가 가장 좋아하는 과목이었다. 문학도 좋아했지만 국사만큼은 아니었다. 내 꿈은 시 쓰는 역사학자였다. 특히, 상고사가 훨씬 끌렸는데 고대의 역사는 뭔가 아직 개척되지 않은 미지의 신대륙 같은 느낌이었다. 가끔 만주벌판 한가운데에서 고대국가의 유적을 발견한 내 모습을 상상하곤 했다. 문제는 국사를 맡은 선생이 조지기라는 것이다.

조지기의 수업은 지루하기 이를 데 없었다. 프린트된 내용을 죽 읽고 외우게 하는 식이었다. 역사는 스토리인데 조지기의 수업에는 스토리가 없었다. 사실의 나열만 있었다. 그래서 흥미로운 부분이 나오면 직접 교과서에서 찾아 읽을 수밖에 없었다. 그러다가 가끔은 수업 진도에서 떨어져 있기도 했다.

이번에도 그랬다. 조지기는 대뜸 나에게 지금 자신이 읽은 부분이 어디인지 말해보라고 했다. 내가 교과서를 뒤적거리고 있는 모습을 본 모양이었다. 옆의 뽀다구가 손으로 가리켰지만 순식간에 일어난 일이라 바로 눈에 들어오지 않았다. 조지기가 다가왔다. 소매를 걷는 것으로 보아 내 귀싸대기를 한 대 치려는 것 같았다. 그러잖아도 며칠 전 바람소리 일로 신경이 날카로워진 조지기는 너 잘 만났다는 얼굴을 하고 있었다.

"읽어!"

뽀다구가 재차 손가락으로 해당 부분을 가리켰다. 그러자 뽀다구에게 귀싸대기가 날아갔다. 뽀다구가 휘청이다 자리를 바로잡았다. 순간 교실은 얼어붙었다.

"읽어!"

읽어야 할 부분이 어디인지 알았지만 읽지 않았다. 뽀다구에게 미안한 마음이 들기도 했고 왠지 조지기에게 반항하고 싶은 마음이 들었다. 내가 버티자 역시 귀싸대기가 날아왔다. 번쩍, 하고 별이 보였다.

"읽어! 안 읽어?"

나는 분하기는 했지만 또 날아올 솥뚜껑 손이 두려워 읽었다. 거의 새처럼 가는 목소리였다.

"이 새끼가 알면서도 안 읽었어?"

조지기는 연거푸 내 뺨을 때리기 시작했다. 마지막 한 대에 내 몸은 책상 밖으로 나뒹굴어졌다. 이제껏 나를 그렇게 때린 사람은 없었다. 아빠조차도 내게 손 한번 댄 적이 없었다. 울음이 터져 나왔다. 조지기가 그치라고 했지만 일부러라도 울음을 멈추지 않았다.

"요런 악바리 같은 놈!"

조지기는 나를 교실 밖으로 내쫓았다. 복도에서도 엉엉, 울음을 그치지 않았다.

"너무 분해하지 마. 미친개한테 물린 거잖아."

뽀다구가 말했다. 석식 시간이었다. 나 때문에 자기도 한 대 맞았으면서 오히려 내 걱정을 해주고 있었다. 수업이 끝나고 나서도 나는 좀처럼 마음을 추스를 수가 없었다. 담임 선생님에게 가서 이 사실을 알리고 싶었지만 이내 마음을 접었다. 저번에도 음주사건을 무마해줬는데 이번 일로 또 곤란을 주고 싶지는 않았다.

무엇보다 억울했다. 아무리 생각해도 그렇게까지 맞을 짓을 한 것 같지 않았다. 엄마가 헤어지면서 내게 당부한 바른 마음이 떠올랐다. 그건 마냥 순둥이처럼 착하라는 말은 아니었다. 부당한 대우를 받으면 그것에 저항할 수 있는 마음도 바른 마음이지 않을까. 생각 끝에 나는 조지기와 정면승부를 보기로 했다. 바람소리의 명운도 걸린 문제였다.

내 계획은 이랬다. 조지기에게 사과를 요구하는 편지를 보낸다. 사과가 받아들여지지 않을 경우, 교장에게 직접 이 사실을 알린다. 교장도 뭉갤 경우, 지역 언론사에 제보한다. 그러함에도 불구하고 반응이 없으면 시 교육청에서 1인 시위를 한다. 1인 시위를 해도 소용이 없을 경우, 학교를 그만둔다. 학교를 그만두면 검정고시를 준비한다. 나는 노트를 꺼내 글을 쓰기 시작했다.

조병건 선생님께

국사는 제가 제일 좋아하는 과목입니다. 사학과를 갈 생각도 있었습니다. 하지만 오늘부터 그 마음을 접기로 했습니다. 선생님 때문입니다. 역사를 공부한 분의 인격이 그 정도밖에 안 된다면 역사라는 학문도 별 볼 일 없으리라는 생각이 들었습니다. 체벌이 얼마나 반민주적이고 비교육적인가에 대해서는 말씀드리지 않겠습니다. 하지만 적어도 왜 체벌을 해야 하는지 학생에게 먼저 납득을 시켜야 하지 않겠습니까? 학교는 군대도 감옥도 아닙니다. 선생님 마음 내키는 대로 학생들을 끌고 가려고 하지 마시고, 학생들이 자발적으로 따라갈 수 있도록 모범을 보여주십시오. 바람소리 일도 그렇지 않습니까? 오히려 학교에서 응원해줘야 할 청소년 활동을 색안경 끼고 무조건 그만두라고 하십니다. 게임도 아니고 문학을 하겠다고 스스로 조직한 청소년 서클을 해체하라니요?

선생님께 저는 세 가지를 요구합니다.

첫째, 제게 사과해 주셨으면 합니다.
둘째, 앞으로 누구든 체벌은 금해 주셨으면 합니다.
셋째, 교외 활동과 관련해서 학생 자율권을 보장해 주셨으면 합니다.

저는 학교를 그만둘 의향이 있습니다. 검정고시로도 충분히 대학에 들어갈 자신이 있으니까요. 대신 이 학교와 선생님을 평생토록 미워하게 될 것입니다. 선생님의 현명한 판단을 기다리겠습니다.

제자 차동윤 올림.

제자라는 말에는 두 줄을 그었다. 당신은 내 스승이 아니고 나는 당신의 제자가 아니라는 말을 우회적으로 하고 싶었다. 편지를 쓴 노트 한 장을 칼로 잘라냈다. 그리고 뽀다구에게 건넸다.
"병신아, 너 미쳤냐?"
뽀다구가 편지에서 눈을 떼지 않은 채 말했다.

"조지기 성격 모르냐? 이러다, 너 죽는다. 아주 아작이 난다구! 아서라, 아서."

뽀다구가 내 등을 두드렸다.

"됐구, 너가 좀 전달해 줘라."

"뭐래, 나까지 교정 당하라고?"

"조지기 퇴근하면 그냥 책상 위에 얹어두면 돼."

"너가 하면 되잖아."

"나는 지금 집에 갈 거야."

나는 책가방을 들어 올리며 말했다.

"이사도라에게 걸리면 어쩌려구?"

교감 선생님을 말했다. 학생들을 감시하기 위해 24시간 학교를 돌아다닌다고 해서 이사도라라고 불렀다.

"이 얼굴이면 되겠지."

나는 내 얼굴을 손가락으로 가리켰다. 조지기에게 맞은, 왼쪽 얼굴 반편이 아직도 얼얼했다. 치과 치료를 받고 난 뒤 막 마취가 풀리기 시작하는 느낌이었다. 부은 얼굴을 들이대고 충치라고 말하면 조퇴를 허락할 거였다.

"난 못 해, 못 해, 못 하는 줄 알아!"

뽀다구의 외침을 뒤로하고 나는 교실 문을 나왔다.

★ ★ ★

"야가, 사람 죽는 거 보려고 이러는둥?"

집 마당에 들어섰을 때 불이 환하게 켜져 있었다. 아빠가 평상에 앉아 잠수복과 수경, 어망, 작살 등을 펼쳐놓은 채 손질했다. 할머니는 그 옆에 앉아 걱정을 늘어놓았다.

"동윤이 오늘 웬일로 일찍 왔나?"

아빠가 내 쪽을 바라보며 말했다. 뭐라 대답할 거리를 찾지 못했다. 돌아오는 내내 조지기의 만행이 떠올랐다. 우리집이 재호네처럼 잘 살았으면 조지기가 그렇게 무지막지로 때렸을까 싶었다. 그러자 아빠가 불쌍했다. 늘 해준 게 없어서 미안하다는 아빠였다.

"우리 아가 밥은 먹었음둥?"

할머니가 연이어 물었다. 나는 어, 라고 대답하고 냅다 마당 왼편의 내 방으로 뛰었다. 퉁퉁 부은 왼쪽 얼굴을 보여주기 싫었다. 다행히 두 사람은 이전의 얘기에 정신이 팔렸는지 내 얼굴을 잘 보지 않은 모양이었다.

"오마니 걱정 붙들어 매시라니까. 내가 거시기에 털 날 때부터 해오지 않았나?"

아빠의 목소리가 들려왔다. 기어코 다시 머구리 일을 하려는 모양이었다. 머구리 일은 잠수복을 입고 바닷속에 들어가 해산물 채취하는 것을 말했다. 하반신 마비의 몸으로 아버지는 그 일을 다시 하겠다는 거였다.

"전에야 아범 몸이 성해 그랬지, 지금은 당키나 하겠음둥?"

"손만 멀쩡하면 된다 하지 않았소. 물속에서 다리는 쓸 짝이 없다니까요!"

"바다는 저승인 거라. 그러잖아도 물것들이 산 사람을 끌어내려고 안달인디, 성치 않은 아범을 가만두겠음둥?"

"오마니 시장 가믄 흠 있는 과일 가져오더나? 물것들도 마찬가지예요. 성한 사람이나 탐내지 나 같은 병신은 거들떠보지도 않는다 이 말입니다."

물것이라는 것은 바다에 빠져 죽은 사람들의 원혼이었다. 할머니 말에 의하면 그들은 늘 바다 아래에서 산 사람을 호시탐탐 노린다고 했다.

"돈이 문제냐? 돈이면 아차리 동윤이 어멈 돈을 받아버림둥."

"그 사람 돈 받지 마소. 오마니도 귀신이 벌어주는 돈이라 싫어하지 않았소?"

"그건 글타마는 아범이 바다 나가느니 그 돈 받는 게 백번 낫지. 그 돈 아범 다리값이라고 생각하면 못 받을 것도 없음둥."

"그만 말씀하시고 가 동윤이 잠자리나 챙겨주소."

할머니의 한숨 소리가 내 방까지 들려왔다. 더 설득하는 것은 무리다 싶은 모양이었다. 할머니의 발소리가 커지자 나는 얼른 불을 껐다. "오늘 시험 봐서 피곤해!"라고 소리쳤다.

"그려, 우리 강아지 오늘도 고생했음둥."

할머니의 발소리가 멀어져갔다. 또각거리는 아버지의 잠수복 수선하는 소리만 조용히 들려올 뿐이었다. 제주에 해녀가 있다면 속초에는 머구리가 있었다. 아빠는 선장이 되고서도 머구리 일을 했다. 열여섯 살부터 해온 일이었다. 2년 전 잠수 사고를 당해 다리를 다치기 전까지 말이다. 그런데 그 몸으로 다시 머구리 일을 하겠다는 것이다. 휠체어를 타고 다니는 마당에 배에는 어떻게 오를 것이며 그 무거운 잠수장비는 다 어떻게 입으려는지.

학교를 그만두면 머구리 일이나 배워야겠다는 생각이 들었다. 깊은 바닷속으로 잠수해 들어가는 것을 상상하면 꽤나 신나는 일이었다. 이쪽 세상과는 전혀 다른 세상이 펼쳐져 있을 테니 말이다. 각양각색의 산호초며 물고기, 해초들이 눈 앞에 펼쳐질 것이다. 지천에 깔린 전복과 해삼, 비단 멍게, 성게를 마구 주워 올리겠지. 다시마와 미역도 한 아름 딸 수 있을 것이다.

그러다가 상어가 다가오는 상상을 했다. 지나가는 배의 스크루에 걸려 공기 줄이 잘려버리는 상상도 했다. 잠수병에 걸려 더 깊은 바닷속으로 빨려 들어가는 모습도. 나는 눈을 질끈 감고 고개를 저었다.

이불을 머리까지 끌어올리며 옆으로 돌아누웠다. 이번에는 편지글이 떠올랐다. 뽀다구가 조지기의 책상 위에 내 편지를 정말 올려놓았을까? 편지글의 어조와 어투를 좀 부드럽게 할 걸 그랬나? 아까와는 다르게 불안감이 몰려왔다.

내일 아침 출근한 조지기는 편지를 읽고 불같이 화를 낼 것이다. 당장 교실로 달려와 나를 부를 것이다. 그 자리에서 엎드려뻗쳐를 외친 다음 당구 막대로 무지막지로 내 허벅지와 엉덩이를 때릴 것이다. 담임 선생님에게도 화가 미칠 것이다. 학생 단속을 어떻게 했길래 이 모양이냐고 닦달할 것이 뻔했다. 미리 담임과 상의하지 않은 것이 후회되었다. 시간을 보니 10시 30분에 가까워지고 있었다. 자율학습이 끝나는 시간이었다. 괜한 짓을 했다는 생각이 들었다. 아까는 분노와 정의감이 앞서서 얼마든지 조지기와 맞짱 뜰 수 있을 것 같은 기분이었다.

아무리 조지기라지만 이성적으로 생각할 수 있는 능력은 있을 것이다, 명색이 교사니까 더더욱 그럴 것이고, 내 상황을 설명하고 이치를 따지면 조지기는 충분히 고개를 끄덕여줄 것이다, 그간 자기 앞에 서면 벌벌 떠는 아이들만 대해온지라 나 같은 맹랑한 아이를 만나면 오히려 동등한 입장에서 신사적으로 해결해보려고 노력할지도 모른다, 정의는 불의를 이기고 논리는 막무가내를 이긴다, 등등의 생각들로 불안을 달랬다.

하지만 시간이 지날수록 마음은 약해지기만 했다. 내가 학교를 그만둔다면 할머니는 목덜미 잡고 쓰러질 것이고, 아빠는 끊었던 술을 다시 마실 것이고, 엄마는 이게 다 자기 탓이라며 더 깊고 더 먼 곳으로 몸을 숨길 것이다.

나는 자리를 박차고 일어나 거실에서 무선 전화기를 몰래 가지고 왔다. 이불을 뒤집어쓰고 뽀다구에게 전화했다. 첫 신호음이 끝나기도 전에 전화를 받았다. 막 독서실 차에 오른 참이라고 했다. 편지를 그냥 찢어버리라고 말하려다가 말았다. 대신 편지는 잘 전달했느냐고 물었다.

"어, 그거 조지기한테 직접 전해줬어. 웬일인지 퇴근 안 했더라구."

순간 머릿속이 하얘졌다. 이제 속된 말로 '좆된' 거였다.

"왜? 후회되나?"

뽀다구가 놀리듯 물었다.

"뭐래? 야, 오히려 잘 됐다. 조지기 충격받아서 아마 오늘 잠 못 이룰 거다."

"기대된다. 조지기 얼굴, 흐흐흐…."

넌 친구도 아냐, 나는 속으로 뇌까렸다. 친구가 얻어터지고 학교를 그만둘지도 모르는데 웃고나 있으니, 왠지 야속하고 빈정이 상했다. 아까만 해도 편지를 전하면 큰일 날 것 같이 얘기하던 녀석이었다.

"미친놈, 웃음이 나오냐?"

결국, 한마디 하고 말았다.

"병신아, 왜?"

"아 몰라, 끊어!"

창문 커튼으로 달빛이 쏟아졌다. 파도 소리가 귀를 간질였다. 오랫동안 뒤척이다 할머니가 일 나가는 소리로 소란스러워질 즈음 잠에 빠져들었다.

6 곡선의 말들

"차동윤이 왔어? 차동윤이 어딨어!"

뒷문에서 조지기의 목소리가 들려왔다. 드디어 올 것이 온 것이다. 아침 자율학습 시간이 시작된 지 얼마 지나지 않은 때였다. 밤새 잠을 제대로 자지 못해 꾸벅꾸벅 졸고 있던 참이었다. 너 이제 새 됐다, 뽀다구가 재밌다는 듯이 킥킥댔다. 이놈을 친구라 할 수 있을지 심히 회의감이 밀려왔다.

등교하면서 내내 머릿속이 복잡했다. 버스는 두 대나 놓쳤으며 학교 앞에서는 파란불이 켜져도 그대로 서 있기까지 했다. 친구들이 건너편에서 손짓하는 것이 마치 신기루처럼 느껴졌다.

학교를 그만두자, 아빠와 할머니는 설득하는 데 꽤 시간이 들겠지만 일단 저지르고 보자, 안 되면 엄마한테 가버리면 되는 것이다, 하지만 이제 막 꼴을 갖춰가고 있는 바람소리는? 생각은 생각의 꼬리를 물고 늘어졌다.

"차동윤이 이리 좀 나와."

내가 고개를 돌리자 조지기가 눈을 부릅뜨고 있었다. 나는 순순히 자리에서 일어났다. 그래, 될 대로 되라는 심정이었다. "따라와." 조지기는 음산한 목소리로 말했다. 나는 도살장 앞의 체념한 소처럼 그를 따라갔다. 그런데 교무실을 지나치는 거였다. 허를 찔렸다. 교무실이라면 내 의사를 전달하기에 안성맞춤인 곳이었다. 다른 선생님이 한 사람이라도 있으면 조지기가 막무가내로 나올 수 없기 때문이었다.

아마 체육관으로 나를 데려갈 모양이었다. 그곳은 야구방망이로 엉덩이에 불세례를 받는 곳이었다. 조지기는 그것을 교정교육이라고 칭했다. "교정 한번 받아야겠네."라고 말하면 그것은 곧 체육관행을 뜻하는 것이었다. 그런데 체육관 쪽도 아니었다. 그럼 일진들만 끌려간다는 뒷산? 다행히 손에는 당구 막대가 아니라 지휘봉이 들려 있었다. 하지만 안심할 수 없었다. 그에게는 엄청난 파워의 솥뚜껑 손이 있었다. 저 손으로 어제 맞은 곳을 또 맞는다면 이번엔 피가 터져 나올 거였다.

조지기가 나를 끌고 간 곳은 본관 뒤쪽에 자리 잡은 매점이었다. 매점은 조지기가 관리하는 곳으로 쉬는 시간과 점심, 석식 시간에 개방되었다. 그곳은 좁고 어두운 곳이었다. 툭하면 줄이 길게 늘어섰기 때문에 원하는 물건을 제대로 살 수 없었다. 매점은 조지기가 권력을 휘두를 수 있는, 일종의 자금줄 역할을 했다. 그의 말을 잘 듣는 아이들에게는 충분한 보상이 주어졌다. 매점의 물건들을 통 크게 나눠줄 뿐만 아니라 원한다면 판매 알바도 할 수 있었다.

그 일은 그야말로 꿀알바였다. 하루 두어 시간 일하면 일체의 학비가 면제되고 교복과 생활복, 작지만 얼마간의 용돈도 지급됐다. 원래는 가정환경이 어려운 학생들을 위한 자리였는데 언젠가부터 학생회 아이들이 그 일을 맡았다. 학생회가 늘 조지기의 꼬붕 노릇을 하는 이유가 그것 때문이었다. 덕분에 조지기는 다수 선생님들의 비협조에도 불구하고 영고를 자신의 왕국으로 만들 수 있었다. 물론, 이사장이나 교장, 교감 같은 윗분들의 묵인도 한몫했다.

조지기는 매점에서 교정교육을 하려는 것이 분명했다. 따지고 보면 체육관보다 매점이 '교정'을 하기에 나은 공간이었다. 본관과 떨어져서 사람들 눈에 잘 띄지 않는 곳이었고 밖에서는 안을 제대로 볼 수 없었다.

"먹고 싶은 것이 있으면 맘대로 골라봐라."

의외였다. 조지기의 목소리는 부드러웠다. 두꺼비 같은 얼굴을 가진 사람의 목소리라고는 도저히 상상할 수 없었다. 나이 쉰에 이르도록 결혼하지 못한 이유는, 아마도 못생긴 얼굴보다도 저 음흉한 성격 때문이었을 것이다. 왠지 더 큰 두려움에 휩싸였다. 어느 그림 동화에 나오는 요괴의 얼굴이 떠올랐다. 어린아이를 잡아먹기 위해 과자의 성으로 유혹하는 미소 띤 얼굴.

"먹고 싶은 거 없어요."

목소리가 가늘게 떨렸다. 말은 그렇게 했지만 실은 배가 고팠다. 퉁퉁 부은 얼굴을 할머니에게 보이지 않으려고 아침 밥상도 마다하고 학교로 내뺐기 때문이다. 그렇다고 얼씨구나 집어 들 수는 없었다. 독이 든 사과처럼 입속에 넣는 순간 조지기의 마수에 걸려들 게 뻔했다. 조지기는 냉장고에서 되는 대로 음료수 하나를 집어서 건넸다. 나는 마지못해 받았다.

"니 편지 잘 읽었다."

조지기가 말했다. 나는 고개를 푹 숙인 채, 냉기를 머금은 캔을 양손으로 번갈아 잡았다.

"일단, 내가 때린 것은 미안하다. 오해가 있었구나."

나는 놀란 표정으로 고개를 들었다. 더구나 지금은 교정교육을 할 의도가 전혀 없는 듯했다. 오히려 내 편지의 요구를 들어준 것이다. 이유 없이 때린 것에 대해 사과해 달라는 첫 번째 요구 말이다.

뜻밖의 상황이 펼쳐지고 있었다. 내가 의도한 것은 이런 게 아니었다. 일단은 교무실 안이어야 했다. 화가 머리끝까지 난 조지기가 고래고래 소리를 지르며 나를 마구 때려야 했다. 마침 출근한 선생님들이 조지기를 만류하고 나는 만신창이가 되어 밖으로 나오는 거였다. 그리고 조용히 가방을 싸서 집으로 돌아오는 거였다. 그리고 다음 단계, 지역 언론사에 조지기의 만행을 알리고 도 교육청 앞에서 1인시위를 하는 것이다.

나는 검정고시를 봐서 대학에 들어가면 그만이겠지만, 폭력교사라는 불명예를 얻은 조지기는 교사로서 치명상을 입을 것이다. 그런데 지금 솥뚜껑 손으로 음료수를 건네며 자기 체구의 반쪽도 안 되는 학생에게 사과하고 있었다. 나머지 두 개에 대한 요구가 받아들여지지 않는다고 하더라도 나는 이미 흡족한 마음이었다. 오히려 무례한 어투의 편지를 쓴 것에 대해 미안한 마음이 들 정도였다.

"시는 인생을 한 번 걸 만한 가치가 있지, 나야 일찌감치 포기했지만…."

조지기가 한숨을 쉬었다. 그 말도 내게는 놀랍기 그지없었다. 젊은 시절 시 쓰는 조지기를 상상해보았다. 전혀 어울리지 않는 장면이었다. 소문에 고교 시절의 조지기는 주먹 잘 쓰고 술과 담배에 연애질까지 못 하는 것이 없던 날라리였다고 했다. 아버지가 한국전쟁 때 전사하는 바람에 국가유공자 자녀로 지정되어 국립대학 사범대에 손쉽게 들어갔단다.

아마 청소년 시절 겉돌다가 대학에 들어가 문학의 세례를 받았는지도 몰랐다. 교사가 된 후로는 학생들 들들 볶는 일에 재미를 느끼느라 그 세계에서 점점 멀어졌겠지만. 하지만 한 문학 소년의 편지를 읽고 그때의 감정이 살아났는지도 몰랐다. 생각이 거기에 이르자 나는 조지기가 이해될 수 있는 종류의 사람이라고 느껴졌다.

"내가 너희들에게는 악마로 보일 거다. 그래도 이거 하나는 알아줬으면 한다. 내가 악마가 되고 싶어서 된 게 아니다. 누군가는 꼭 맡아야 할 역할이 있다. 선량한 학생들을 보호하기 위해 모두의 적이 되어야 하는 역할 말이다."

고해성사와 같은 절절함이 느껴졌다. 지금 내 앞의 조지기는 전혀 다른 사람이 되어 있었다. 하지만 안심은 일렀다. 조지기의 뻔한 수법일지도 몰랐다. 얼마 전 새로 구성된 학생 회장단만 보더라도 알 수 있었다. 찬우라는 회장 녀석은 일진으로 소문이 나 있었지만 공부도 웬만큼 하고 외모도 출중한 데다 정의감도 있는 듯해서 몰표를 받았다. 내가 문학회를 만들어 활동한다는 소식을 듣고 나를 문화부장으로 지명했다. 나는 흔쾌히 받아들였지만 일주일도 안 돼 철회되었다. 조지기가 퇴짜를 놓았기 때문이다.

조지기는 그렇다 치더라도 찬우가 조지기의 말을 받아들였다는 것이 의외였다. 찬우는 조지기에게 완전히 넘어가 버린 듯했다. 권력의 달콤함이 그렇게 만들었을까? 두발이나 복장 단속은 더욱 가혹해졌다. 그때마다 찬우를 비롯한 학생회 녀석들이 동원되었다. 저녁 자율학습시간에 가끔 찬우 패거리들이 매점에 모이기도 하는데, 그때마다 회식이 열린다고 했다. 물론, 조지기가 쏘는 거였다.

"원래 폭력에 익숙한 놈들은 서열 관계만 재조정되면 같은 편이 되는 거야."

뽀다구의 말이었다. 틀린 말이 아니었다. 조지기의 골칫덩어리가 될 줄 알았던 찬우는 오히려 조지기의 충견이 되어 있었다.

찬우 패거리들은 우리들의 권익을 위해 노력하는 것이 아니라 우리들의 감시자이자 처벌자로 군림했다. 그럴수록 조지기는 녀석들에게 더 많은 보상과 특권을 부여했다.

생각이 거기에 이르자 나는 고개를 흔들었다. 그래, 속지 말자, 넘어가지 말자, 나를 살살 달래서 바람소리를 해체시키려는 음모가 있는 게 분명했다. 더구나 내 편지는 지나치게 전투적이었다. 누르는 것보다는 달래서 자기편으로 만드는 것이 나을 거로 생각했는지 몰랐다.

"차동윤, 네 말대로 이제부터 딴짓 안 하고 공부 열심히 하는 거다. 그래야 좋은 대학 가지, 안 그래?"

조지기는 이제 자리를 정리하자는 투로 말했다. 그러고는 비닐봉지에 이것저것 넣어서 내게 건네주었다. 그런데 조지기의 말이 이상하게 들려왔다. 공부를 열심히 하겠다는 말은 편지에 없었다. 더구나 '딴짓'이라니!

"딴짓요?"

"일단 공부에 전력해서 대학 가겠다고 하지 않았어?"

"제가요?"

"애가 정신없나 보네. 네가 써 놓고도 몰라? 여 봐라."

조지기는 바지 주머니에서 반으로 접힌 종이 한 장을 꺼내 내게 내밀었다.

> … 내일의 꿈을 위해 지금을 희생하겠습니다. 핵심만 짚어주시는 선생님의 수업방식을 충실히 따라가겠습니다. 지금 생각해 보니 고3을 한 학기 앞둔 이러한 엄중한 시기, 교과서를 모두 읽는다는 것은 무리일 듯합니다. 바람소리 활동도 자제하도록 하겠습니다. 선생님의 깊은 뜻을 헤아리지 못하고 경거망동한 죄, 다시 한번 용서를 구합니다. …

얼핏 본 문단에는 그렇게 쓰여 있었다. 글씨체가 내 것이 아니었다. 종이 재질도 마찬가지였다. 뽀다구의 짓이었다. 녀석이 편지를 바꿔치기한 모양이었다. 기가 막혀서 아무 생각도 할 수 없었다.

"그래, 이제 발뺌을 못 하겠지? 차동윤, 네가 한 말이 잘 지켜지는지 이 선생님이 지켜보고 있을 거야."

조지기는 내 등을 두드리며 나가자는 시늉을 했다. 밖에 나왔을 때 1교시를 알리는 종이 울렸다. 조지기가 한 마디 덧붙였다.

"네 나이 때 좋아하게 되는 것들은 대부분 나중에 후회하게 되는 것들이야. 인생에 도움이 되지 않지. 내 나이쯤 되면 누구나 알게 되는 사실이야, 알겠니?"

나는 대답하지 않았다. 무엇이 문학청년 조지기를 막무가내 자기 멋대로인 꼰대로 만들었을까? 나이가 들면 모두 꼰대가 되는 것일까? 좋아하는 것들을 애서 피하고, 하고 싶지 않은 일을 해야 한다고 마음먹기 시작한 그때부터? 조지기의 뒷모습을 지켜봤다. 체형이 한쪽으로 기울어져 자세히 보면 약간 다리를 절고 있는 듯 보였다. 오른쪽 어깨가 왼쪽보다 커 보였다. 아이들을 때리느라 비정상적으로 발달한 근육이 아닐까 싶을 정도로.

어쩌면 조지기의 삶도 저렇게 기울어져 있는 것은 아닐까? 주위 사람들은 모두 알고 있는데 자신만 모르는 삶의 불균형. 말하기 껄끄러워 누구도 말해주지 않는 어떤 것. 나는 조지기가 건넨 비닐봉지 안을 들여다보았다. 콜라, 우유, 초코파이, 컵라면, 껌과 초콜릿, 참 많이도 담았다. 피식, 하고 쓴웃음이 흘러나왔다.

직선이 아니라 곡선의 말들이 관계를 살린다는 어느 시인의 말이 떠올랐다. 뽀다구는 내 직선의 말을 곡선으로 한껏 구부린 것이다. 그 구부림의 정도가 심해서 조금은 자존심이 상하기는 했다. 하지만 한때 문학청년이었다는 조지기의 고백을 들을 수 있었다. 그것도 키 174센티미터에 몸무게 52킬로그램밖에 나가지 않는 열여덟 소년 앞에서. 그 고백이야말로 곡선의 말이 아닌

가. 조지기도 꽉 막힌 사람은 아닐 수 있다는 생각이 들었다.

★ ★ ★

"이거나 처먹어라!"

1교시가 끝나자마자 뽀다구에게 비닐봉지를 던지듯 건넸다. 뽀다구는 나와 눈이 마주치는 순간부터 한 번만 봐달라는 눈빛이었다. 처음에는 당장 뒤통수라도 세게 치고 싶었지만 시간이 흐르면서 마음이 가라앉았다. 딴은 나를 위해 한 일이었다. 만약 원래의 편지가 조지기에게 건네졌다면 나는 이 자리에 앉아 있지 못했을 것이다.

조지기는 한바탕 내게 매질을 가한 다음, 담임 선생님을 불렀을 것이다. 어쩌면 교장과 교감 선생님에게 보고해 상황을 더 크게 만들 수도 있었다. 내 행위의 배후에 담임이 있다고 몰아갈 것이 뻔했다. 그들은 이번 기회를 활용해 몇 안 되는 전교조 선생님들에게 책임을 물을 것이다. 어쩌면 몇몇 학생들의 취미 모임에 불과한 바람소리에 저렇게 민감하게 구는 것도 전교조 선생님들을 어떡하든 학교에서 쫓아내려는 큰 그림 속에서 진행되고 있는 작업일지도 몰랐다.

바람소리에게도 결코 좋은 영향을 주지 못했을 것이다. 회원 모집은 물론이고 활동에 대한 감시와 제재도 심해졌을 것이다. 무엇보다 내가 학교를 그만두게 되면 할머니와 아빠, 엄마의 상심은 또 어떻게 감당할 수 있을까. 여러모로 편지가 전달되지 않은 것이 다행이라면 다행이었다. 나 하나만 희생하면 모두가 편해지는 그런 상황이었다. 뽀다구를 미워해야 할 것이 아니라 오히려 고마워해야 할 판이었다.

"갠따로, 미안해. 대신 내가 놀랄 만한 정보 하나를 줄게."

뽀다구가 내 귀를 잡아끌며 말했다.

"조지기와 유라 엄마가 그렇고 그런 사이란다."

유라 엄마의 카페가 속초 남교사들의 아지트라는 것은 익히 들어 알고 있었다. 유라 엄마는 속초에서는 보기 드문 미인일뿐더러 교양과 세련미까지 갖춘 분이라고 했다. 그런 유라 엄마가 야수 같은 조지기와 사귄다니, 믿을 수가 없었다.

"울 엄마가 그러는데 어제저녁에 두 사람 우리 식당에서 밥 먹고 갔대. 소문에 결혼할지도 모른대. 조지기가 곧 속초를 뜰 거라는 말도 하더라. 아무도 모르는 곳으로 가서 새 출발 한다나 뭐라나."

연타로 뺨을 세게 얻어맞은 것 같았다. 유라는 이 사실을 알고 있을까? 유라에게 아빠는 뮤즈라고 했다. 그런 아빠의 자리를 조지기 같은 사람이 꿰차고 들어간다면 유라의 삶은 엉망이 되어 버릴지도 몰랐다. 조지기의 솥뚜껑 손이 유라의 뺨을 후려치는 장면이 떠올랐다. 안 돼! 상상만 해도 끔찍했다. 나는 고개를 세차게 흔들었다. 어떡하든 말려야 했다. 2교시 수업을 알리는 종이 울렸다.

7

악보 없는 연주, 카덴차

"알고 있어."

유라가 말했다. 유라의 독서실 자판기 앞에서였다. 나와 뽀다구가 다니는 독서실과는 한 블록 떨어져 있었다. 날씨가 제법 쌀쌀해졌는지 얇은 숄더를 걸쳤다. 10월 중순을 넘겼다. 그러지 않아도 단풍으로 유명한 이 도시가 북적이고 있었다.

"조지기가 왜 조지기인 줄 몰라?"

자판기에서 블랙커피를 꺼내주며 말했다. 나는 밀크커피 버튼을 눌렀다.

"술집 마담 딸보다는 교사 딸이 불리기에도 좋지 않을까?"

유라의 말에는 날이 서 있었다. 탐탁지 않아 하는 것이 분명했다.

"네 아빠는? 좋아하실까?"

"…."

유라는 말없이 커피를 한 모금 마셨다. 폭력교사 조지기는 시인 그 자체로 살다간 유라 아빠와 비교될 수 있는 사람이 아니었다. 일단 생긴 모습부터 달랐다. 땅딸막하고 펑퍼짐한 몸과 넙데데한 얼굴을 가진 조지기가 돼지와 두꺼비를 연상시킨다면, 호리호리하고 선 굵은 얼굴을 가진 유라의 아빠는 영화배우를 떠올리게 했다.

"그 샘은 또 바람소리 일로 괴롭혀?"

유라가 화제를 돌렸다. 원래는 바람소리와 관련한 일로 일부러 유라를 불러낸 터였다. 무엇보다 시급한 것은 학교로부터 인정을 받는 거였다. 여고만 하더라도 나래와 유라가 학생부 요주의 인물이 되었다. 회원을 모집하기 위해 교실마다 A4 용지로 된 유인물을 붙여놨다가 교무실로 호출된 것이다.

"말도 마라. 내 얼굴 보고 뭐 못 느꼈냐?"

유라가 유심히 내 얼굴을 쳐다보았다.

"그러고 보니 좀 부은 것 같네. 설마 조지기에게 맞은 거야?"

나는 고개를 끄덕였다. 며칠 전 학교 매점에서 있었던 자초지

종을 얘기했다.

"편지를 바꿔친 성식이도 웃기지만 조지기는 더 웃긴다."

유라가 웃음을 띤 채 말했다. 그리고 덧붙였다.

"과자 몇 봉지로 널 회유하려 든 거지. 듣자 하니 그 매점 운영으로 돈도 꽤 챙긴다는데…."

"너도 그렇게 생각하지? 나는 말려들지 않기로 했어. 적어도 바람소리 일과 관련해서는 끝까지 싸울 거야. 니 말대로 매점 운영으로 돈을 챙긴다는 사실을 교장 선생님한테 찌르면 당장 잘릴 수도 있겠구."

"너 참 순진하구나. 아마 교장이나 교감 선생님 다 한통속일걸? 다른 선생님들은 괜히 시끄러워지는 거니까 모른 척해주는 거고."

"그럼 지역 언론이나 교육청?"

"너 지역 언론을 아주 신뢰하는 모양인데, 모르긴 몰라도 그 사람들 여기 토호세력들 앞잡이에 불과해. 우리 같은 애송이들은 안중에도 없는 사람들이야. 아마 심증만 가지고 제보했다가는 오히려 너만 당할 거야. 바람소리도 무사하지 못하고 우리를 도와주셨던 너네 담임샘도 입장이 곤란해질 거야. 그러잖아도 전교조 샘들이 바람소리를 뒤에서 조종한다는 말을 하잖아."

"그럼 어떡해야 하지? 조지기가 있는 한 우리 학교에서 바람소리 회원을 더 모집하는 거는 힘들어."

"굳이 회원을 모집할 필요가 있을까 하는 생각이 들어."

"그냥 이러다가 우리끼리 끝내자구?"

"우리가 죽을 때까지 이 속초 바닥에 사는 건 아니잖아? 대학에 진학하면 어차피 뿔뿔이 흩어질 텐데…."

"나는 재호를 보면 우리가 이 모임을 만들길 잘 했다는 생각이 들어. 바람소리가 없었다면 재호는 죽어라 공부만 했을 거 아냐? 자기에게 숨겨진 재능이 있다는 사실도 알지 못한 채 말이야."

"음, 걔는 결국 경영학과를 택할걸? 시는 취미인 거지."

"그래도 상관없어. 어쨌든 시를 알게 된 거잖아? 적어도 돈만 아는 속물은 안 될 거야. 뽀다구는 어떻구. 요즘 제일 신나잖아, 시야 뭐 별로긴 하지만 어쨌든…. 랩스타도 봐봐라, 랩 가사에 영혼이 실려 있어."

"그래서 속초를 다시 시 공화국으로 만들겠다?"

"못할 거도 없지."

"귀여워, 귀여워."

유라가 종이컵을 쓰레기통에 버리며 말했다. 나를 어린애 취급하는 것은 여전했다.

"그건 그렇구, 너 나래랑 화해했어?"

"내 생각엔 나래 걔, 너 좋아하는 것 같아."

말도 안 되는 소리였다. 나래는 유치원 때부터 친구였다. 우리 할아버지와 나래의 할아버지가 함흥에서 내려온 월남민이라 두 집안이 친척 이상으로 가까웠다. 나와 나래는 남매나 다름없는 사이였다.

"너가 나를 두둔하면 꼭 내게 신경질 내던데? 질투 아냐?"

유라가 말하고 나서 까르르, 웃었다. 괜히 심사가 뒤틀렸다. 내 마음이 어디로 가 있는지도 모르고.

"다음 주 월요일이 우리 학교 개교기념일이야."

내가 맥락 없이 말을 던졌다.

"좋겠다. 학교 안 가도 되는 거잖아, 근데?"

유라가 뜬금없다는 표정으로 물었다.

"너네 학교에 찾아가 장지기를 만날 거야."

영랑고에 조지기가 있다면 영랑여고에는 장지기가 있었다. 둘 다 아이들에게는 깡패 교사로 악명이 높았다. '장지기'는 조지기 못지않다고 해서 붙여진 별명이었다. 성이 장 씨였다.

"장지기를 왜?"

"바람소리 회장으로서 찾아가는 거지. 우리가 그렇게 떳떳하게 나가면 오히려 안심하지 않을까? 그러니까 너랑 나래도 점심 시간 때 시간을 비워봐."

"싫어, 나는 그 사람 얼굴도 마주치기 싫어. 나래랑 가던가."

"너가 말발이 제일 좋잖아. 너처럼 공부 잘하는 애가 조곤조곤 얘기하면 아마 장지기도 억지 부리지 못할 거야."

"그럼 재호를 데려가. 재호가 속초 통틀어 탑이란 걸 장지기도 모르진 않을 거니까."

"둘 다 같이 가면 더 좋지."

"못 말린다."

"나래랑 화해할 거지?"

"뭐, 화해할 게 있니? 그게 내가 처한 현실이잖아. 우리 모녀를 바라보는 세상의 시선을 정직하게 말해준 건데…."

말투는 아무렇지도 않았지만 얼굴에 그늘이 어렸다. 가슴 한쪽이 아려왔다. 엄마가 떠올랐기 때문이다. 세상의 시선으로 보자면 우리 모자도 유라네와 다를 바 없는 처지였다.

"나래가 막내딸이라서 그래. 버릇없고 제멋대로야. 네가 이해해줘."

"너 말대로 너희는 사이좋은 오누이 같아. 너는 듬직한 오빠라면 나래는 철없는 오빠 바라기고."

듬직하다…, 왠지 기분이 좋았다. 나를 무조건 아이 취급하는 것은 아닌 모양이었다.

"그런데 쟤 재호 아냐?"

유라가 건너편의 소공원을 가리켰다. 나무 아래 그늘에 누군가 서 있었다. 가로등에 얼핏 비치는 모습이 재호가 맞았다. 재호 아파트가 인근에 있긴 했지만 지금쯤이면 과외받을 시간이었다. 능숙한 포즈로 담배를 피우고 있었다. 낯선 모습이었다. 얼마 전까지만 해도 담배 연기를 잘못 마셔 캑캑대던 녀석이었다. 귀에 이어폰을 꽂은 채였다. 우리가 다가가자 재호가 이어폰을 뺐다.

"과외 안 받아?"

내가 물었다.

"응, 과외 쌤이 치킨 사준다고 해서 같이 나왔다가 방금 헤어졌어."

"근데 너 뭐냐, 바람소리 때문에 담배 배웠다고 소문나면 어쩌려구?"

"미안해, 그렇게 되는 건가?"

재호가 서둘러 담뱃불을 껐다.

"넌, 꼰대들 상대하다 보니 요즘 점점 꼰대들 닮아간다."

유라가 내게 눈을 흘겼다.

"공부만 하는 모범생인 줄 알았는데, 완전 멋있어!"

유라가 덧붙였다. 여자애들은 나쁜 남자에게 끌린다더니 맞는 말인 듯했다.

"건강에도 나쁜 게 뭐가 멋있냐?"

내 목소리에는 짜증이 섞여 있었다.

"그러게, 성식이가 담배 피우는 건 하나도 멋이 없는데 말이야."

"무슨 고민이라도 있는 거야?"

나는 유라의 말을 무시하고 재호에게 물었다.

"고민은 무슨…."

재호가 벤치에 가방을 내려놓으며 말했다. 우리는 벤치에 나란히 앉았다.

"그런데 무슨 음악 듣고 있었냐? 우리가 다가갈 때까지도 눈치채지 못했잖아."

"아, 이거 함 들어봐."

재호가 이어폰 한쪽을 건넸다. 귀에 닿자마자 음악이 흘러나왔다. 약간의 잡음이 섞인 피아노곡이었다. 자세히 들어보니 베토벤의 <월광 소나타>였다. 며칠 전, 유라네 가게에 놀러 갔다가 유라가 연주하던 곡.

"유라가 시디로 구워준 거야."

재호가 말했다. 내가 유라를 쳐다보자 고개를 끄덕였다. 둘 사이에 뭔가 있는 것이 분명했다. 가슴께에서 불같은 것이 올라왔다. 지난 일요일 유라네 가게를 찾아갔던 것이 떠올랐다. 유라는 나래와 다툰 후로 바람소리에 나오지 않았다. 나래가 몇 번이나 사과하러 유라네 반으로 찾아갔지만 만나주지 않았단다. 내가 유라네 집에 가서 설득할 수밖에 없었다.

함께 가기로 했던 뽀다구는 그날도 단체 손님들 때문에 모임이 끝나자마자 부모님 식당으로 가야 했다. 그때 재호가 선뜻 나선 것이다. 의외였다. 2시간여의 바람소리 모임도 겨우 시간을 내곤 하던 재호였기 때문이다. 부모님에게도 서클 활동 사실을 알리지 않았다. 그런 재호가 과외를 건너뛰고 유라네 집으로 가겠다는 것이다. 과외선생님이 집안일 때문에 하루 쉬기로 했다는 단서가 있기는 했지만.

내가 전화했을 때 유라는 집이 아니라 엄마 가게에 있었다. 유라 엄마가 운영하는 바는 영금정 근처, 건물 2층에 자리했다. 낮에는 영업하지 않았다. 휴일 낮이면 유라는 독서실 대신 그곳에서 공부했다. 동명항구와 푸른 바다가 한눈에 들어오는 통유리창이 있었다.

우리가 도착했을 때 피아노 소리가 들려왔다. 유리문 너머 피아노 앞에 앉아 있는 유라의 뒷모습이 보였다. 원래는 음대를 생각해 볼 정도로 피아노에 재능이 있었다고 들었다. 속초로 이사하면서 피아니스트에 대한 꿈을 접었다고. 집에 있어야 할 피아노는 바의 한구석에 놓이게 되었고 이렇게 가끔 유라의 손길을 탔다. 마침 연주하고 있던 곡이 <월광 소나타>였다.

내가 문을 두드리려고 하자 재호가 말렸다. 좀 더 연주를 들어보자는 표정이었다. 재호는 가만히 눈을 감기도 했는데, 긴 속눈썹이 파르르 떨리기도 했다. 음유시인의 모습이 저런 것일까? 오뚝한 코와 날렵한 턱, 가히 속초 최고의 얼짱이라고 불릴 만했다. 그런데 시간이 지날수록 피아노곡은 도무지 알 수 없는 음률로 치닫고 있었다. 손이 아닌 몸으로 피아노를 치고 있는 듯했다. 가끔 흐느적거리는 것이 뭔가에 완전히 몰입되어 영혼을 잃어버린 듯한 모습이었다.

"카덴차야."

재호가 말했다. 카덴차? 내가 고개를 갸웃하며 물었다.

"악보에 없는 즉흥연주!"

햐, 하고 나는 낮은 탄성을 질렀다. 악보 없이 연주할 수 있다는 것이 신기했다. 그건 지도 없이 산길을 헤매는 것과 같았다.

"아니, 온전한 자기 세계를 갖는 거야."

내가 말하자 재호가 눈을 빛내며 말했다. 피아노나 클래식에 문외한이었지만, '온전한 자기 세계'를 갖는다는 말은 이해할 수 있었다. 시뿐만 아니라 음악으로도, 아니 모든 예술이 다 자기 세계를 찾는 여정이구나 싶었다. 그날 재호는 피아노도 멋들어지게 쳤다. 슈베르트의 <네 손을 위한 판타지 바단조>라는 곡이라고 했다. 도대체가 완벽한 놈이었다. 둘은 내친김에 나란히 앉아 연탄 곡을 치기도 했다.

두 사람의 현란한 손동작과 아름다운 선율에 정신이 팔려 그때는 알아차리지 못했다. 두 사람은 그 순간 퍽이나 가까워졌던 것이다. 서로가 따로 연락을 주고받으며 시디를 건넬 정도로 말이다. 유라를 만나러 가겠다는데 선뜻 따라나선 것도 충분히 의심스러웠다. 순간 문우림 서점에서 시집을 천천히 넘기던 유라의 희고 가느다란 손이 떠올랐다. 재호가 굳이 <네 손을 위한 판타지 바단조>라는 곡을 연주한 것은 유라를 위해서가 아니었을까. 질투심과 함께 이전에는 느끼지 못했던 소외감까지 밀려왔다.

"와, 영광인걸? 그냥 한번 듣고 말 줄 알았는데…."
유라의 목소리는 들떠 있었다.
"음, 그냥 오늘 같은 가을밤에 어울리는 것 같아서…."

재호가 턱으로 밤하늘을 가리키며 말했다. 보름달이 떠 있었다. 며칠째 이어지던 청명한 날씨 때문인지 달은 밝고 선명했다. 그러고 보니 밤하늘을 바라본 것은 꽤 오랜만이었다. 제법 쌀쌀한 바람도 불고 있었다. 마음 한구석에서 솟아오르던 불길이 조금은 진정되는 느낌이었다.

"달하 노피곰 도다샤 머리곰 비취오시라."

얼마 전 문학 교과서에서 본 고려가요 한 대목을 읊었다. 왠지 두 사람의 대화에 끼어들어야겠다는 조급함 때문이었다.

"완전 깬다. 우리 교과서는 패스하자고 하지 않았니?"

또 어린애 취급이었다. 나는 살짝 비위가 상했다.

"교과서 시면 어떻고, 아니면 또 어때? 분위기에 맞으면 그만이지."

"분위기 안 맞거든? 월광 소나타에 정읍사가 다 뭐니?"

하긴 그랬다. <월광 소나타>가 예술가의 그로테스크한 내면의 음률을 담고 있었다면, 「정읍사」는 멀리 있는 님의 안위를 걱정하는 어조가 강했다. 앞엣것이 치즈의 맛이라면 뒤엣것은 된장의 맛이었다.

"그래, 네 피아노 연주에는 재호의 시가 적격일 듯하네."

내가 퉁명스럽게 말했다.

"그렇네, 우리 시낭송회 하면 피아노 연주를 배경음악으로 넣으면 되겠다. 재호와 내가 돌아가면서 치면 좋을 듯…."

내 마음은 안중에도 없는지 유라가 손뼉을 마주치며 말했다. 좋은 아이디어이기는 했다. 시와 피아노 완벽한 조합이었다. 하지만 내 속은 억장이 무너지고 있었다. 얼마 전까지만 해도 따로 문학 행사하는 것에 반대하던 유라였다. 유라 또한 원플 자매처럼 재호에게 마음을 뺏긴 것이 분명했다.

"재호는 방학이면 대치동으로 올라가야 하잖아."

내가 어깃장을 놓자 재호가 고개를 끄덕였다. 아버지의 명령이라면 따를 수밖에 없었다. 재호가 빠진다고 생각하니 바람소리의 절반은 빠져나가는 듯한 느낌이긴 했다. 유라 말대로 행사를 따로 하지 않고 우리끼리 즐기는 선에서 만족하는 게 좋을지도 몰랐다.

"참, 재호 다음 주 개교기념일 때 시간 내는 거다."

"무슨 일이 있는 거야?"

"우리 학교로 쳐들어와야지!"

유라가 내게 씽긋 눈웃음을 지으며 말했다.

"쳐들어간다고?"

재호가 고개를 갸웃했다. 유라가 까르르, 웃었다. 나도 바보처럼 큰소리로 웃었다. 내 인생의 첫사랑을 친구에게 뺏겼을지 모른다는 사실을 잊을 정도로.

8

여고 행동의 날

 청명한 가을날이었다. 동해의 바다 빛깔은 하늘의 색깔에 따라 달라졌다. 하늘이 푸르면 바다도 푸르렀고 하늘이 잿빛이면 바다도 잿빛이었다. 그러다가 하늘과 바다가 선명히 구분되는 때도 있었고, 가끔은 하늘과 바다가 아예 구분되지 않을 때도 있었다.

 설악의 능선은 언제나 검푸르렀다. 울산 바위만이 햇살을 받아 하얗게 빛났다. 누군가를 만나 설득하기에 안성맞춤인 날 같았다. 늘 날씨에 민감한 아빠 말에 의하면 날씨에 따라 사람 마음도 바뀐다고 했다. 오늘 같은 날씨는 누구나 여유롭고 관대해지는 마음이 되지 않을까? 그렇다면 장지기를 설득하는 데 확실히 유리한 날이었다.

나와 뽀다구, 재호는 점심을 분식집에서 해결한 다음 여고로 향했다. 빈손으로 가면 예의가 아니라며 뽀다구가 박카스를 사 가자고 했다. 가끔은 어른다운 구석이 있었다. 적어도 선생님 한 분씩은 돌아가야 했으니까. 이제까지의 활동기록 외에 예쁘게 출력한 종이 한 장을 비장의 무기처럼 챙겼다. 장지기한테 먹히면 조지기에게도 써먹어 보리라고 준비한 거였다. 종이에는 다음과 같은 내용이 쓰여 있었다.

청소년의 권리

1. 청소년은 물리적 폭력뿐만 아니라 공포와 억압을 포함하는 정신적인 폭력으로부터 보호받을 권리를 가진다.
1. 청소년은 사적인 삶의 영역을 침해받지 않을 권리를 가진다.
1. 청소년은 자신의 생각과 느낌을 자유롭게 펼칠 권리를 가진다.
1. 청소년은 자유로운 의사에 따라 건전한 모임을 만들고 올바른 신념에 따라 활동할 권리를 가진다.
1. 청소년은 건전하고 다양한 문화, 예술 활동에 자유롭게 참여할 권

리를 가진다.
1. 청소년은 다양한 매체를 통하여 자신의 삶에 필요한 정보에 접근할 권리를 가진다.
1. 청소년은 자신의 삶과 관련된 정책 결정 과정에 민주적 절차에 따라 참여할 권리를 가진다.

90년대에 제정되었다는 청소년 헌장 중, 바람소리 모임을 정당화할 수 있는 내용으로 추린 것이다. 특히, 자유로운 의사에 따라 건전한 모임을 만들 수 있다는 내용이 마음에 들었다. 저 구절 하나만으로도 장지기와 조지기의 입을 다물 수 있게 할 것 같았다. 청소년 헌장은 뽀다구가 도서관과 인터넷 사이트를 뒤져 찾아낸 거였다. 이러한 헌장이 있다는 사실조차 우리는 모르고 있었다. 뽀다구를 수식하는, 걸어 다니는 백과사전이라는 별명이 무색하지 않았다.

우리는 여고 정문에 이르자 막상 들어가지 못하고 쭈뼛거렸다. 전화를 해놓기는 했지만 왠지 금단의 구역에 들어가는 듯했다. 경비 아저씨가 의아해하며 나왔을 때야 사정을 얘기하고 교문 안으로 들어갈 수 있었다. 그런데 본관 건물까지 가는 길의 중간쯤 왔을까? 어디선가 환호성이 들려왔다. 건물 3층의 한 창문에 여자애들이 새카맣게 붙어 있었다. 2학년 교실이었다. 소리는 점점 커지더니 다른 창문에도 여자애들이 몰려들었다.

나는 하마터면 들고 있던 박카스 통을 놓쳐버릴 뻔했다. 쑥스러워 온몸이 오징어가 되는 듯했다. 평일 대낮에 교복 입은 남학생들이 여고에 나타나는 일은 거의 없을 것이고, 그 때문에 여학생들의 호기심의 대상이 될 수는 있을 것이다. 그런데 호기심이라고 하기에는 거의 열광 수준이었다. 시간을 보니 마침 쉬는 시간이었다.

어디선가 재호 오빠, 라고 꺄아악 소리를 질렀다. 그러면 그렇지, 재호를 보고 저러는 거였다. 이런 얼빠 같으니라구, 잠시 얼이 빠져 있던 뽀다구가 화를 냈다. 역시 명불허전 재호였다. 그런데 연이어 뭔가 다른 구호가 들려왔다. 나는 귀를 의심하지 않을 수 없었다.

"바람소리, 바람소리, 바람소리!"

이번엔 삐뚤빼뚤 창문에서 글자들이 떠올랐다. 2절 크기의 종이에 바,람,소,리,를 각각 써넣은 네 장의 플래카드였다. 하트 표시가 된 카드도 보였다. 채팅 중에 유라가 한 말이 떠올랐다. 우리가 '쳐들어' 간다는 소문이 여고 전체에 퍼졌다는 것이다. 그 소문을 퍼트린 주범은 재호의 팬클럽 공동회장인 원플 자매였다. 나래가 이 기회를 놓치지 않았다. 우리가 여고로 '쳐들어가는' 날을 '여고 행동의 날'로 정하고 우리를 측면지원하겠다고 했다. 그 측면지원이라는 것이 바로 저 함성과 플래카드였다. 누구도 상상하지 못한 일이었다. 어느새 나래와 유라는 화해가 된 모양이었다.

"야, 이거 뭐냐? 3인조 아이돌 가수라도 된 듯한 기분인데?"

입을 다물지 못하고 서 있다가 뽀다구가 말했다.

"병신아, 다 재호 덕분인 줄 알아라."

내가 재호 등을 치며 말했다. 나도 모르게 힘이 들어갔는지 재호의 몸이 앞으로 휘청했다. 교직원들이 건물 밖으로 나와 지휘봉을 들고 뭐라 뭐라 외쳤다. 하지만 여자애들의 야유에 쉽게 묻혀버렸다. 그때 수업시간을 알리는 종소리가 울렸다. 창문에서 하나둘 얼굴이 사라지더니 이내 함성이 잠잠해졌다.

5분도 안 되는 짧은 시간이었지만 서너 시간은 지난 듯했다. 그제야 유라와 나래의 당부가 생각났다. 꼭 2시 정각에 오라는 말이었다. 조금 이르거나, 늦어서도 안 된다는 거였다. 두 사람이 기획한 일이라 하기에는 믿어지지 않을 정도의 엄청난 호응이었다. 아마도 인터넷 채팅과 카페에 글을 올리고 밤새 전화와 문자를 날리며 학생들을 설득한 원플 자매의 노력이 가장 컸을 것이다.

"니들이 바람소리냐?"

머리가 벗겨진 바짝 마른 중년 남자가 우리 앞에 다가와 말했다. 장지기였다. 눈꼬리가 올라가고 주름 하나 없지만, 왠지 창백한 얼굴이 소문처럼 '지랄' 같은 성격을 가진 사람처럼 보였다. 굳이 말하자면 일제 고등계 형사처럼 생겼다고나 할까. 우리는 고개를 끄덕이며 들고 있던 박카스를 건넸다. 장지기는 뒷짐을 진 채 박카스를 받지 않았다.

"돌아들 가라. 하는 일이 기특한 거 같아서 한 번 만나봐 주려고 했더니, 이런 식으로 니들이 나를 협박해? 내 조병건 선생님한테 단단히 항의할 테니까 그런 줄 알아라."

장지기는 그 말만 남겨놓고 돌아서려고 했다. 이대로 끝낼 수는 없었다. 어제 바람소리 단체 채팅에서 유라가 했던 말이 떠올랐다. '죽여주자, 영랑여고!' 무슨 테러라도 일으키자는 말인 줄 알겠다며 뽀다구가 핀잔을 줬다. 유라는 최근 읽은 소설 속 주인공 얘기를 했다. 한 여중생이 운동장에 '잊어주자 강릉여중!'이라고 써놓고 학교를 떠났다는 것이다.

그 소설은 작가의 자전적 이야기라서 대부분이 실제 일어난 일이라고 했다. 그런 여중생이 속초와 가까운 거리에 살고 있었다니 그 기계에 나는 햐, 하고 감탄했다. 재호는 한번 읽어보고 싶다며 웬일인지 비상한 관심을 보였다. 유라가 김형경의 『세월』이라는 작품에 나온 내용이라고 알려줬다.

돌연 마음속에서 전투력이 상승하는 것 같았다. 오냐, 오늘 죽여주마 영랑여고! 나는 속으로 외쳤다.

"선생님!"

내가 다급히 장지기를 불렀다.

"뭐?"

신경질적인 목소리였다. 청소년 헌장이 쓰여 있는 파일을 건넸다. 장지기가 받아들고 대충 훑어봤다.

"이게 뭐라고?"

"정부에서 제정한 청소년 헌장입니다. 특히, 네 번째 조항을 보시면…."

"됐고, 너네가 모르는 모양인데, 학칙이 모든 법에 우선해."

"학칙이 부당하다면요?"

뽀다구가 따질 듯이 물었다.

"악법도 법이라고 소크라테스가 말했다."

"선생님은 일제 시대에 태어나도 법을 아주 잘 지키시겠네요."

삐딱한 말투였다. 나는 쿡 웃음이 흘러나왔다. 일제 고등계 형사처럼 생긴 사람에게 확실히 찔리는 말일 듯싶었다.

"너 영고 몇 학년 몇 반이야? 이게 어디 남의 학교 와서 눈을 부라리고 따져!"

"청소년 헌장 1조, 청소년은 자신의 생각과 느낌을 자유롭게 펼칠 권리를 가진다."

뽀다구가 갑자기 외쳤다.

"그래도 이눔의 새끼가!"

장지기가 지휘봉을 들어 한 대 치려고 했다.

"청소년 헌장 1조, 청소년은 물리적 폭력뿐만 아니라 공포와 억압을 포함하는 정신적인 폭력으로부터 보호받을 권리를 가진다."

뽀다구가 두 손으로 머리를 가린 채 재빠르게 말했다.

"허허, 야야 그냥 가라 가, 엉?"

장지기가 귀찮다는 표정으로 지휘봉을 들어 교문을 가리켰다.

"그리고 너, 이재호! 아버지가 이러고 다니는 것 알고는 있나?"

장지기가 한 마디 덧붙였다. 그 말은 재호 아버지에게 오늘 일을 알리겠다는 협박과 다름없었다. 장지기는 쓴웃음을 지으며 현관 쪽으로 사라졌다. 적막만이 흘렀다. 우리 셋은 눈만 껌벅이다가 돌아설 수밖에 없었다.

"욕 나온다."

뽀다구가 침을 크헉, 하며 뱉었다. 귀에 거슬리는 소리에 비해 맑은 침이었다. 얼굴이 담배 한 개비면 소원이 없겠다는 표정이었다. 안 되겠는지 박카스를 꺼내서 나와 재호에게 건넸다. 자기 것도 따서 한 모금에 마셔버렸다. 우리는 주차장 벤치에 털썩 주저앉았다. 이대로 돌아갈 것인가, 아님 장지기가 있는 학생부로 다시 쳐들어갈 것인가.

"좆됐다. 조지기 귀에 들어가면 교정교육감이다."

뽀다구가 쓴웃음을 지었다.

"유라와 나래가 더 걱정되는데."

재호가 말했다. 틀린 말은 아니었지만 왠지 아니꼬웠다. 유라가 걱정되는 거겠지, 나래야 어찌 되든. 나는 속으로 뇌까렸다.

"나는 너가 더 걱정이다. 너희 아버지 귀에 들어가면 바람소리 그만두게 되는 거 아냐?"

"…."

내가 묻자 말이 없었다. 그러고 보니 재호는 엄마 얘기는 거의 하지 않았다. 문득 재호의 엄마가 궁금해졌다.

"그니까, 애당초 이길 수 없는 게임이야. 이러다가 남은 고교 생활을 통째로 날리게 될 거야."

뽀다구가 말했다.

"어른들의 힘을 빌리면 되지 않을까? 얼마 전에 보니까 검찰청에서 청소년 활동을 지원한다는 플래카드를 본 적이 있는데…."

재호가 말했다.

"그거 다 필요 없어. 학교에서 먼저 허락받고 오라고 할걸?"

뽀다구의 말이 맞았다. 그들에게 청소년은 시민이 아니었다. 그냥 군인과 마찬가지로 어딘가의 소속일 뿐이었다. 더구나 이 작은 도시에 청소년 관련 조직이나 기관은 학교 말고는 없었다. 다른 도시에는 하나씩 있다는 청소년회관조차 없었다.

그때 정문 옆 주차장에 중형 승용차 하나가 섰다. 경비원 할아버지가 뛰쳐나와 경례를 부치는 것으로 보아 교장 선생님인 모양이었다. 흰 머리가 지긋한 사람이었다. 그가 차에서 내려 우리 쪽으로 다가왔다. 셋은 자리에서 일어났다.

"니들 여기서 뭐 하는 거냐?"

포스가 교장 선생님이 분명했다. 나는 자초지종을 얘기했다. 문학 서클을 만들었는데, 학교 측의 방해로 회원 모집도 여의치 않을 뿐만 아니라 활동 자체도 어려워졌다고, 그래서 학생부 부장 선생님께 면담을 요청했는데 거절되었다고. 교장은 고개를 끄덕이며 잠자코 내 얘기를 들어줬다.

공부하는 기계가 아니지 않으냐고, 우리에게는 시 쓰는 것이 축구 하는 것만큼이나 신나는 일이라고, 학교가 해주지 못하는 것을 스스로 하는데 오히려 응원해줘야 하지 않느냐고, 성적이 떨어질 것이 걱정되냐고, 여기 있는 재호는 바람소리 활동을 했는데도 오히려 성적이 올랐다고, 뽀다구가 봇물 터지듯 말했다.

"아 그리고 이번에 강원대 청소년 공모전에서 영여고 학생이 대상을 먹었어요. 혹시 기억하시나요?"

내가 생각났다는 듯이 말했다. 나래를 말하는 거였다. 교장의 눈이 빛났다.

"음, 그래 내가 상장을 직접 전하기는 했다만…."

교장이 팔짱을 낀 채 한 손으로 턱을 만졌다.

"그 시가 있는데 들어보시겠어요?"

뽀다구가 놓치지 않고 끼어들었다. 교장이 미소를 지으며 고개를 끄덕였다. 가방 안에서 그간 합평한 작품 파일을 꺼냈다. 장지기에게 보여주기 위해 준비한 것이었다.

내 할머니

한 달 피난 생활을 예상하고 내려와

하루, 이틀 고향 가는 날만 기다린 지 어느새 50년

그 세월이 할머니에게 준 건

가장이 된 아들들과 손자들

또, 늙고 병들어진 육체뿐이었다.

자신도 모르게 향수에 젖어 있을 때

'곧 통일이 되겠지요'라는 어설픈 아버지 말씀도

더 이상 그녀에게 위로가 되지 않는 그 날

그녀는 함경도로 갔다.

어느새 흰머리를 깨끗하게 손질하시고

피난 올 때 가져온 흰 무명옷을 다소곳이 입으시고

흰 영구차를 타고

그렇게 그녀가 그리던 함경도로 갔다.

나는 유심히 교장의 얼굴을 살폈다. 온화한 기색이 역력했다.

"어떠세요?"

"음 좋군."

더 말이 나올 줄 알았는데 딱 그 한 마디였다. 나는 실망했다. 시에 대한 반응치고는 그야말로 시시했다. 나래의 시는 실향민의 아픔을 담은 작품이었다. 살았을 적에는 갈 수 없는 고향을,

죽고 나서야 갈 수밖에 없는 이 나라 분단 현실을 여실하게 보여 주었다.

　나래와 내가 사는 청호동은 함경도 피난민들이 만든 마을이었다. 지금의 청호동은 원래 모래톱에 불과한 곳으로 버려진 땅이었다. 한국전쟁이 터지면서 몰려든 피난민들이 그곳을 삶의 터전으로 일궜다. 작은 어촌에 불과했던 속초가 도시로 성장할 수 있었던 이유도 피란민 덕분이었다. 금강산 관광이 시작되면서 마을 어른들은 조만간 고향을 자유롭게 오갈 거라고 기대하고 있었다.

　"근데 그건 뭐냐?"

　교장 선생님이 말했다.

　"박카스요. 장지기, 아니, 학생부장 선생님을 뵈면 드리려고 했는데 받지 않으셨어요."

　"하하하, 니들이 이런 거 사 가지고 올 생각을 했단 말이지? 하하하…."

　뭐가 그리 재미있는지 교장 선생님은 연신 크게 웃었다.

　"그건 내가 받아주마."

　"몇 개 우리가 마셨어요."

　뽀다구가 슬쩍 빈 병을 들어 보였다.

"상관없다. 내가 선생님들한테 대신 돌려주마."

"우리 활동은요? 보장해 주시는 건가요?"

내가 말했다. 왠지 말이 통하는 어른처럼 느껴졌다.

"학생부장과 얘기해보마. 일단 돌아가서 소식을 기다려보렴."

교장 선생님 얼굴에는 여전히 미소가 떠 있었다.

"정말요? 감사합니다. 이 은혜 정말 잊지 않겠습니다."

우리 셋은 허리를 굽혀 인사했다.

"아까 읊은 시 정말 좋았다. 우리 어머니도 흥남 분이셨는데, 얼마 전 통일을 못 보고 가셨구나."

교장 선생님이 허공에 눈길을 주며 말했다. 우리도 교장의 시선을 따라 위를 보았다. 청명한 가을 하늘이 거기 있었다. 이 분도 함경도 피난민의 후예였다. 나는 얼굴조차 보지 못한 친할아버지를 만난 듯 감동에 휩싸였다. 어른들이 고향 사람을 만나면 느낀다는 것이 이런 감정일까 싶었다. 저분의 살과 뼈, 피 어딘가에는 함경도의 흙과 공기가 섞여 있을지 몰랐다. 한 번도 가지 못한 그곳 사람들의 정서도 저분 영혼 어딘가를 살찌웠을 것이다. 내 몸, 내 마음 어딘가도 마찬가지인 셈이었다.

교장 선생님은 본관 쪽으로 휘적휘적 걸어갔다. 걸음걸이가 그 사람의 성격을 드러낸다는 것을 처음 알았다. 여유롭고 큰 보폭이었다. 헐떡이며 삐딱하게 걷는 조지기와는 급이 달랐다. 은발이 햇살 아래 빛났다. 저분은 어쩌면 동화에 나오는 현자 같은 존재가 아닐까 싶었다. 시련을 겪는 주인공에게 결정적인 도움을 주는 머리 하얀 노인 말이다. 이를테면 <해리포터>에 나오는 마법 학교의 교장, 덤블도어 같은 분.

2부

1

낭만 고양이

 여고 사건은 속초 바닥에 소문이 쫙 퍼졌다. 지역 고등학생들이 모인 단체 채팅방에서도 난리가 났다. 영고에서 우리 세 명은 여고를 평정한 영웅이 되어 있었다. 장지기가 따로 연락은 하지 않았는지 조지기의 호출은 없었다. 여고 교장 선생님이 장지기를 잘 설득한 모양이었다.

 나래와 유라의 말에 의하면, 여고 교무회의에서 학생의 자발적인 교외 문화 활동을 제지하지 말라는 결론이 났단다. 우리는 쾌재를 불렀다. 여기저기서 가입 문의가 온다고 했다. 특히, 1학년 학생들의 호응이 크다고 했다. 우리가 졸업하더라도 바람소리가 계속해서 이어질 가능성이 커졌다. 무엇보다도 여고의 조치가 알려진다면 조지기도 압박을 느낄 게 분명했다.

영고도 다시 회원 모집에 들어갔다. 수업이 끝나는 시간마다 교실을 돌았다. 쉬는 시간이라 가만히 있을 놈들이 아니지만 적어도 1학년한테는 통하는 방법이었다. 아직은 선후배 간의 위계가 확실한 학교였다. 내가 바람소리의 서클 성격을 설명하고 나면, 뽀다구는 미팅 없이 예쁜 여학생들을 만날 수 있다고 바람을 넣었다. 공부가 걱정된다고 하면 재호가 나섰다.

교실을 돈 지 얼마 되지 않아 학생회장 찬우가 선도부를 앞장 세우고 나타났다. 대개 키 180이 넘는 녀석들이라 위압적으로 보였다. 교실 뒷문으로 들어온 그들은 게시판에 붙여 놓은 회원 모집 유인물을 뜯어냈다.

"너희 이거 우리 학생회 허락은 맡고 하나?"

찬우가 교단 쪽으로 다가왔다.

"허락? 누가 누구한테 허락을 맡아? 니가 조지기라도 되나?"

뽀다구가 소리를 높였다.

"서클 활동은 학생회 소관 아래 있어. 너네는 서클 등록도 하지 않았어."

"우리는 교외 서클이야. 특정 학교의 소속이 아니야."

내가 말했다.

"학교 안이든 밖이든 이 학교 안에서 행해지는 것은 우리 학생회에 알려야 해!"

찬우의 목소리에 날이 서 있었다. 틀린 말은 아닌 것 같았다. 미처 생각하지 못한 부분이기는 했다. 그런데 우리를 통제하려는 듯한 태도는 이해할 수 없었다. 일진이라는 소문이 틀린 것이 아닌 모양이었다.

"좋아, 학생회에 알리기만 하면 되는 거야?"

내가 한발 물러섰다.

"학생회 간부들이 협의하고 최종적으로 학교의 허락을 받아야지."

말투가 점점 위협적으로 변했다. 나를 문화부장으로 추천하던 그때의 상냥한 모습은 사라지고 없었다. 학교의 허락을 받아야 한다는 것은 조지기의 허락을 받아야 한다는 말과 다름없었다. 돌고 돌아 또 조지기였다. 뽀다구의 말이 맞았다. 찬우는 조지기의 충실한 개가 되어 있었다. 조폭 이야기로 도배질 되는 세상이다 보니 낯설지는 않았다. 극장가에서는 <친구>니 <조폭 마누라>, <신라의 달밤>이나 <가문의 영광> 같은 영화들이 내리 흥행이었고, TV에서는 <야인시대>가 몇 달째 시청률 1위를 달리고 있었다.

"넌 누구 편이지? 조지기? 아니면 너를 뽑아준 우리들?"

내가 물었다.

"당연히 우리 학우들이지!"

찬우가 교단 아래의 학생들을 가리키며 말했다. 선배들 간의 날 선 언쟁 때문인지, 분위기는 잔뜩 가라앉아 있었다.

"그런데 왜 자꾸 학교 입장에서만 생각하는 거야? 너 혹시 조지기에게 약점 잡힌 것 아냐?"

일진 일타 앞에서 전혀 주눅 들지 않는 모습에 나도 놀랐다.

"약점은 무슨, 학교 질서를 위한 거지."

"학교 질서를 유지한다는 명분으로 학생회가 너무 우리를 누르잖아. 너도 우리에게 자유를 좀 주겠다고 해서 회장 후보로 나온 거 아냐? 그런 너를 우리가 지지해서 뽑아 준 거구. 새 학생회가 만들어진 뒤로 뭐 하나 풀어진 게 없잖아. 오히려 이런 식으로 우리를 조여들고, 등교 시간 정문 앞의 선도부들 태도도 전혀 달라지지 않았어."

이번에는 재호가 나섰다. 이제껏 잠자코 있던 터였다. 재호의 목소리는 작지만 또렷했다. 눈동자도 상대를 찌를 듯 빛났다. 찬우는 당혹스러운 빛을 띠더니 이내 표정이 굳어졌다. 뭔가 적의 같은 것이 번뜩였다. 그때 수업시간을 알리는 종소리가 울렸다.

"알았어, 알았다구. 그럼 학교 밖에서 하는 홍보활동은 괜찮은 거잖아, 그치?"

뽀다구가 끼어들었다. 찬우는 여전히 탐탁지 않은 표정으로 그쯤 해둔다는 듯이 뒤돌아섰다. 선도부들이 졸개처럼 우르르 따라 나갔다.

★ ★ ★

"찬우, 걔 중학교 때 너랑 베프였잖아. 공부도 너만큼이나 잘했고. 어쩌다 저렇게 된 거지?"

뽀다구가 재호에게 물었다. 학교 앞 슈퍼에 들렀다. 독서실 차에 인원이 다 차서 타기를 포기한 참이었다. 다음 독서실 차를 타려면 30분을 기다려야 했다. 슈퍼 한쪽에 테이블 몇 개가 있었는데 거기서 분식도 팔았다. 우리는 라면을 시켰다.

슈퍼에서는 체리필터의 <낭만 고양이>가 흘러나오고 있었다. 이 시간에는 주인 할머니 딸이 카운터를 지켰다. 대학을 다니다가 IMF를 맞아 귀향했다는데 아예 눌러앉은 모양이었다. 나름의 취향인지, 아니면 학생들을 배려하기 위해서인지 이 시간이면 늘 최신 유행가를 틀어놨다.

"내 두 눈 밤이면 별이 되지~" 그 가사에 재호는 생각났다는 듯이 충혈된 눈에 안약을 넣었다. 교실을 도는 일은 그만둬야 했다. 조지기와 싸우고 있는 마당에 학생회와 마찰을 계속할 수는 없었다. 학생회와 싸울 게 아니라 조지기의 마음을 돌리는 것이 우선이었다. 그런데 바람소리 일보다는 뽀다구가 꺼낸 말이 더 흥미를 끌었다. 재호와 찬우가 베스트 프랜드였다는 말은 처음 듣는 거였다. 두 사람은 그리 어울리는 조합이 아니었다.

"어, 그냥…."

재호는 말을 얼버무렸다. 별로 말하고 싶지 않은 표정이었다.

"찬우, 걔 며칠 전에 경찰서 유치장 간 거 알지?"

그 사실은 익히 들어 알고 있었다. 휴가 나온 군인들과 시비가 붙어 패싸움이 난 것이다. 조지기가 어떻게 손을 썼는지 별문제 없이 풀려나왔다.

"얼마 전에는 콘도에서 여자애들과 술 마시고 혼숙을 했다고도 하는데? 뭐 소문에는 찬우가 그중 한 명을 임신시켰다고…."

"걔 그런 애 아니야, 말 함부로 하지 마."

재호의 목소리는 낮으면서도 날카로웠다. 방심하던 뽀다구도 깜짝 놀라는 눈치였다.

"그래 괜히 헛소리 말고, 앞으로 바람소리 회원을 어떻게 모집

하는 게 좋을지 얘기하자."

내가 두 사람의 어깨를 두드리며 말했다.

"그런데 사실 교내 서클이라는 게 있어? 난 들어본 적도 없는데…."

재호가 물었다. 사실 나도 궁금하던 참이었다. 미술부나 밴드부 정도가 다일 듯싶었다. 하지만 선배들 졸업앨범을 보면 온갖 서클이 있었다. 댄스, 만화, 게임, 축구나 배드민턴, 탁구, 검도, 역사나 시사, 서예, 향토연구 심지어 문학 서클도 있었다. 그런데 한 번도 활동 상황을 전해 들은 적도, 회원 권유를 받은 적도 없었다.

"그거 다 가라잖아, 졸업 앨범에 넣을 게 없으니까 급조한 거지. 지난여름에 3학년들 사진 찍는 거 봤어. 1반 1번부터 15번은 문학반, 16번부터 30번은 탁구반, 뭐 이런 식으로."

"하긴 우리 학교는 그 흔한 축제도 없네."

뽀다구의 말을 받아 재호가 말했다. 입시 지상주의 때문이었다. 아직 이 지역은 비평준화가 유지되고 있었다. 영고는 인근 네 개 시군에서 가장 높은 등급의 인문계 고등학교였다. 지역사회의 기대에 부응하는 것은 오로지 얼마나 서울에 대학을 보내느냐에 달려 있었다. 사실, 명문고라는 타이틀은 유명무실해진 지

오래였다. 사교육이 극성을 부려 일류대학은 거의 수도권 학생들로 채워진다고 들었다. 속초에는 변변한 학원조차 없었다.

8~90년대에는 한해 스무 명도 더 일류대학에 갔다는데 지금은 2~3년에 서너 명꼴이었다. 그런데도 예전의 명성을 되찾겠다는 일념으로 오로지 공부만 시키는 '뻘짓'은 그대로였다. 그 중심에 조지기가 있는 거였다. 조만간 교감으로 승진하면 학생들을 더 닦달할 것이 뻔했다.

"조지기와 싸우기 전에 학생회부터 설득해야 해. 재호 너가 찬우 좀 만나보면 안 되겠냐? 학생회가 우리 편이 되면 조지기도 감히 함부로 하지 못할걸?"

"그래, 조지기는 수족을 잃는 거야, 자기 똘마니들을!"

뽀다구가 내 말을 거들었다.

"찬우가 내 말을 들을 리가 없어. 여고처럼 교장이나 교감 선생님의 마음을 바꾸는 건 어떨까?"

재호가 말했다. 맞는 말이었다. 하지만 우리 학교 교장은 오히려 조지기에게 휘둘리는 사람이었다. 조지기의 말이라면 무조건 따랐다. 교장과 조지기 사이에 교감 선생님이 있었지만, 그분은 조지기보다 더하면 더한 분이었지 결코 덜한 사람이 아니었다. 오죽했으면 24시간 학교를 돌면서 감시한다고 해서 '이사도라'

라는 별명이 붙었겠는가. 섣불리 찾아갔다가는 본전도 못 찾을 것이 뻔했다.

"그럼 교육청이 있잖아."

"것도 소용없을 거야. 공문 한 장 달랑 보내고 말걸? 교육청에서 그렇게 하지 말라는 야자를 고수하고 스카이반을 포기하지 않는 거 봐라."

뽀다구의 말에 내가 답했다. 비평준화 지역이라는 이유로 학교의 학사운영도 제멋대로 내버려 두는 듯했다.

"참, 새천년이 밝은 지 언젠데 이 민주주의 국가에서 대체 문학 서클 하나 용납하지 못하나?"

"그러게. 세상은 빠르게 변하고 있는데…."

이 작은 도시의 고등학교는 그야말로 20세기에 머물러 있었다.

"청와대에 글을 보내볼까?"

뽀다구다운 발상이었다.

"글쎄다, 이 변방의 청소년 따위에게 관심이나 가지겠어?"

아무리 생각해도 무리였다. 얼마나 많은 민원이 청와대로 향하겠는가. 개중에서 우리의 문제는 사소한 것으로 치부될 것이다. 청와대는 우리 같은 고교생 처지에서는 감히 닿을 수 없는, 너무나 멀리 떨어져 있는 것처럼 느껴졌다.

"도대체 방법이 없다는 말이네."

재호가 한숨을 쉬었다.

"담임과 상의해보는 건?"

뽀다구가 제안을 했지만 조금은 꺼려졌다. 그렇지 않아도 바람소리 때문에 난처한 처지에 있는 분이었다. 우리가 부탁하면 발 벗고 나서주겠지만, 그러려면 그야말로 담임은 전출을 가거나 옷 벗을 각오를 해야 할지 몰랐다. 요즘은 전교조 문제로 유독 학교 측과 마찰이 심해 보였다. 그러잖아도 눈엣가시 같은 존재인데, 우리 문제까지 더해지면 입지가 더욱 좁아질 것이다.

"그럼 이 시인은 어때? 그분이면 도움을 주시지 않을까?"

그래, 이우영 시인 그분이 있었다. 영고 선배이자 바람소리 선배로서 그 책임을 나눠 갖는 건 당연했다. 이름만 바람소리를 따왔다고 우리가 옛 바람소리를 계승했다고는 볼 수 없었다. 옛 바람소리와 지금의 바람소리가 연결되기 위해서라도 이 시인이 필요했다. 왜 그 생각을 못 했을까? 물론, 이 시인에게 지금의 문제를 해결할 방법이 딱히 있을 것 같지 않았다. 그는 시가 천대받는 세상에서 살아가는 힘없고 가난한 시인일 뿐이었다.

하지만 우리의 존재만큼은 이 시인에게 알려야 할 것 같았다. 어쩌면 그 와중에서 해결의 실마리를 찾을 수 있을지 몰랐다. 독

재정권 하에서 지금보다 더한 폭력교사들을 상대하면서 훨씬 힘든 시기를 겪어온 선배였으니까 말이다. 바람소리를 말할 때 유난히 깊어지던 눈망울이 떠올랐다. 이 시인 안에 여전히 자리 잡고 있는 소년의 모습을 본 것 같기도 했다.

내친김에 이따 독서실에 가면 이 시인에게 편지를 쓰기로 했다. 이메일이 아니라 손편지로 쓰는 것이 좋을 듯싶었다. 아날로그 시대를 산 어른들에게 손편지는 묘한 마력이 있는 듯했다. 조지기도 손편지 한 장에-비록 뽀다구가 바꿔치기했지만- 자신의 행동을 사과했으며 한때 자신이 문학 소년이었음을 고백하지 않았던가. 진정성이 들어간 글의 힘은 필체에서도 보이는 법이다. 이 시인은 그 힘을 충분히 느낄 수 있는 사람이었다. 바람소리가 9년이 지나 다시 복원되고 있다는 소식을 듣게 된다면 더욱 기꺼운 마음이 될 것이다.

"뭐 까짓것, 뭐든 밀어 붙이자구! 우리 앞에 있는 것은 벽이 아니라 거대한 문일 수도 있어."

뽀다구가 젓가락을 내려놓으며 말했다. 뇌의 시냅스들이 일제히 징, 하고 전기신호를 주고 받는듯한 느낌이었다. 아무리 그럴듯한 말을 하더라도 뽀다구의 입에서 나오는 순간, 빛을 잃고 마는데 이번만은 아니었다. 혹, 문이 아니고 벽이라고 하더라도 부

수거나 넘어갈 용기가 생겼다.

"뭔가 전면전으로 갈 거 같은 느낌인걸?"

"까짓것 일 년 꿇자! 임요환도 스타 하다가 대학 못 갔잖아. 시가 스타보다 못할 이유 없다."

요즘 같아서는 대학이 대수겠는가 싶은 생각이 들었다. 임요환처럼 게임 하나로 세계적인 인물이 된 사람도 있었다. 뽀다구는 진즉부터 대학 못 가면 부모님을 도와 식당을 운영한다고 했다. 나도 아버지처럼 머구리 일을 하며 시를 쓴다면 더욱 근사한 시인이 될 수도 있으리라. 보일러공이나 우체부였으면서도 훌륭한 작품을 쓰던 작가들도 있었으니까.

"우리가 이런다고 세상이 바뀌는 게 아닐 텐데 말이다."

재호가 말했다.

"세상을 바꿀 순 없어도 우리는 바뀌어 있겠지."

뽀다구에게 자극받았던 걸까? 나도 모르게 그럴듯한 말이 튀어나왔다.

"오 대박, 차동윤 멋진 말이다."

"역시 바람소리 회장답다!"

두 사람이 내 등을 가볍게 쳤다. 가운데 앉아 있던 나는 양팔로 두 녀석의 목을 휘감았다. 그때였다. 재호의 몸이 순간 뻣뻣해졌다. 슈퍼 앞에 멈춘 검은 세단에 시선이 가 있었다. 재호 아버지 차였다. 재호는 인사할 새도 없이 슈퍼를 나가버렸다. 재호의 얼굴이 하얗게 질려 있었다. 무슨 도살장이라도 끌려가는 듯한 표정이었다.

"뭐냐, 쟤?"

뽀다구가 입맛을 다시며 말했다.

"아빠가 저렇게 무서우면 어떻게 살아? 저런 모습을 재호 엄마는 알까?"

"서울대 아무나 가는 게 아니다. 우린 배도 부르니 독서실 가서 한숨 자자."

뽀다구가 내 어깨를 치며 일어났다. 도로 건너편에 독서실 차가 도착해 있었다. 우리는 푸른 점멸등이 꺼질세라 가방을 들고 뛰었다. "홀로 떠나가 버린 깊고 슬픈 나의 바다여~ " 슈퍼에서 들었던 노랫말이 귓가에서 좀처럼 사라지지 않았다. 생선가게 터는 일 따위 그만두고 끝내 넓고 깊은 바다로 가 물고기를 낚아야 할 고양이, 이름하여 낭만 고양이. 딱, 바람소리인들의 모습이었다. 입시 따위 내팽개치고 드넓은 시의 바다로 헤엄쳐 나가야 할 낭만 시인들.

2 누구에게나 시적 순간은 있다

파도는 잔잔했다. 주위는 아직 어두웠지만 수평선 너머에는 붉은 기운이 가득했다. 잠수복을 입은 아저씨 한 분과 나래 아빠가 분주히 움직였다. 배 위에는 각종 머구리 장비가 어지럽게 널려있었다. 장갑, 수중 전등, 작살, 망태, 납덩이, 헬멧, 그리고 헬멧에 공기를 주입하는 노란색 고무호스. 나는 아빠의 등 뒤에 서서 잠수복 지퍼를 닫아주었다.

"안 춥겠나?"

"걱정 마라. 내복 든든히 입지 않았나."

11월 초이기는 했지만 새벽의 바다는 한겨울의 공기처럼 찰 것이다.

"너야말로 괜히 나와 이 고생이다."

"재미로 나와 본 건데 뭘, 일요일이기도 하구."

자율학습은 하루 빠지기로 했다. 사실 할머니를 안심시키려고 따라 나온 것이다. 할머니는 아빠가 바다에 나가겠다는 것을 끝까지 반대했다. 이러다 그나마 건진 목숨마저 걷어가는 게 아니냐고, 눈물까지 흘리며 말렸다.

아버지는 2년 전 잠수병에 걸려 의식불명 상태까지 갔다. 물에 들어가 오래 있으면 수압에 의해 혈액 속에 질소가 만들어지는데, 그 질소가 지상에 올라오면서 산소로 분해되지 않으면 잠수병이 오는 것이다. 관절이 썩어 걷지 못하는 등 후유증도 심한 병이었다. 아빠는 거의 사흘 만에 깨어났다. 석 달 뒤에 퇴원했지만 결과는 하반신불수였다. 할머니는 이게 다 엄마 탓이라며 집에서 내쫓았다. 엄마도 군말 없이 짐을 쌌다.

할머니 말에 의하면 바다는 저승의 감옥이었다. 배 '판때기' 하나 아래가 저승이고, 바닷사람들은 그 저승에서 빌어먹는 거라고 했다. 바다에 빠져 죽으면 영원히 그곳에 갇혀 조상들이 사는 곳으로 가지 못한다고도 했다. 그만큼 바닷일이 죽음과 가까이 있다는 말일 것이다. 먹고 살아야 하기에 바다로 나갈 수밖에 없는 것이 청호동 '아바이'들의 삶이었다.

"아이구야, 용득이 자네 효자 됐구먼!"

배 선장인 나래 아빠가 내 어깨에 손을 얹으며 말했다. 용득이는 아빠 이름이었다. 나래 아빠는 아빠의 '불알'친구였다. 두 분 모두 함경도 피난민 2세였다. 3세인 나와 나래가 오누이처럼 지내듯이 두 분도 형제처럼 서로를 아꼈다. 머구리 일을 다시 하겠다는 아빠를 힘껏 도운 분도 나래 아빠였다. 처음에는 주위 사람들 모두가 반대했다. 성한 사람도 하기 힘든 일이 머구리였다.

나래 아빠는 다른 머구리 일꾼들을 끈질기게 설득했다. 30년 넘는 경력이 있는 베테랑이니 왕년의 실력이 어디 가지 않았을 거 아니냐, 물속에서는 다리 대신 팔로 걸을 수 있으니 우리가 조금만 도와주면 하반신 장애가 큰 문제는 되지 않을 거다, 홀어머니와 어린 아들을 먹여 살려야 하지 않느냐, 등등의 말로 말이다. 언젠가 우리 집에 모여 술을 마실 때 엿들은 얘기였다. 사실 가난은 해도 먹고 살 걱정은 없었다. 보험금도 있었고 비록 헐값에 팔았지만 배 가격도 무시 못 할 돈이었다. 엄마가 보내오는 돈도 차곡차곡 쌓이고 있었다.

"아빠도 살아야 하지 않겠나."

아빠는 내게 그렇게 말했다. 나는 그 말이 처음에는 먹고 살 방도를 마련해야 한다는 뜻인 줄 알았다. 그런데 아빠에게 머구리 일은 단순히 생계의 문제가 아니었다. 장애가 된 후로 아빠는 집 밖으로 거의 나가지 않았다. 할 수 있는 일이 거의 없었기 때문이다. 휠체어를 타고 가끔 방파제에 나가기는 했지만 집에 돌아올 때는 늘 어두운 낯빛이었다. 밤마다 소주만 들이켰고 가끔 소리 없이 울었다.

이를 딱하게 여기던 나래 아빠가 머구리 일을 해보겠냐고 권한 것이다. 처음에는 턱도 없는 소리라며 거절했지만 며칠 곰곰 생각하는 눈치였다. 다른 머구리 일꾼과 할머니를 설득하는 데에도 긴 시간이 걸렸지만, 아빠는 아빠 자신을 설득시키는데 더 큰 시간을 썼다.

아빠도 살아야 하지 않겠나, 아빠의 결론은 그거였다. 아무것도 안 하고 앉아서 술만 마시며 늙어간다는 것은 죽어있는 거나 마찬가지가 아니겠냐는 거였다. 차라리 저승에 빌어먹겠다고, 이 세상에 있는 것이 죽은 거나 다름없으니 저승에 들어가 있으면 어쩌면 살길이 열리지 않겠느냐고 아빠는 할머니를 설득했다. 그 후로 아빠는 나래 아빠의 도움으로 잠수 훈련을 하며 팔 힘을 길렀다. 오늘이 머구리 일을 하는 첫날이었다.

나래 아빠는 아빠 머리에 헬멧을 씌워줬다. 헬멧을 빙그르르 돌리자 철컥, 하고 잠기는 소리가 들렸다. 거의 10kg이 넘는 무게였다. 그 모습이 우주인을 연상시켰다. 바닷속에서 아빠는 어쩌면 우주를 유영하는 기분일지도 몰랐다. 헬멧에는 산소탱크와 연결된 공기 호스가 꽂혀 있었다.

머구리 잠수는 산소통을 메고 들어가는 것이 아니라, 호스를 수면 밖으로 연결해서 호흡을 확보하는 방식이었다. 호스는 생명줄이나 다름없었다. 절대 꼬이거나 접히면 안 되었다. 스크루에 잘려나갈 위험성도 컸다. 내 임무는 호스에 이상이 없는지 주시하는 거였다. 배 엔진 소리가 멎었다. 사방이 갑자기 고요해졌다.

"동윤아. 걱정하지 말거래이, 네 아빠는 내가 잘 봐 줄꾸마."

누군가 말했다. 경상도가 고향이라는 송 씨 아저씨였다. 어느덧 날이 밝아왔다. 해가 수평선 위로 떠오르자 건너편 울산 바위가 붉게 빛났다. 장엄하고 신비로운 광경이었다. 해 질 때 검게 변하는 모습은 몇 번 보았어도 해 뜰 때의 울산 바위 모습은 처음이었다.

뭔가 사방이 일어서는 듯한 느낌이었다. 붉은색은 혁명의 색이라고 하는데 그 이유를 알 것만 같았다. 늘 새벽마다 배를 몰고 나갔던 아빠는 아마 이 순간이 주는 바다의 붉은 힘을 잊지 못했을 것이다. 죽음의 공포를 말끔하게 씻어주는 힘이었을 것이다.

비록 바닷속이기는 하지만 오늘은 아빠가 다시 서는 날이 될 것이다.

날이 환해지자 드디어 입수했다. 송 씨 아저씨가 바다에 뛰어들었다. 바다는 아직 검은 빛이었다. 텀벙, 아침 바다의 적막을 깼다. 아빠 차례였다. 양쪽에서 나와 나래 아빠의 부축을 받아 배의 난간에 힘겹게 엉덩이를 걸쳤다.

아빠는 손으로 자기 다리를 들어 바다 쪽으로 향했다. 잠수복을 입었지만 아빠의 다리는 내 다리보다도 가늘어 보였다. 오랫동안 휠체어 생활을 하면서 근육이 빠져 버렸다. 발에는 무거운 납 신발을 신었다. 양쪽에서 아저씨들이 아빠의 겨드랑이에 손을 끼워 들어 올렸다. 텀벙. 아빠는 검은 바닷속으로 사라졌다. 에어탱크와 연결된 호스가 주르르, 내려갔다.

"괜찮다. 네 아빠는 물속이 더 편할 거다. 천만다행으로 척추는 안 다쳤으니 잠수하는 데도 그렇게 힘들지는 않을 거야. 그러니까 그래 똥줄 타지 않아도 된다."

나래 아빠가 도르래에서 눈을 떼지 않은 채 말했다. 술을 끊은 후 아빠는 상체 운동을 꾸준히 해왔다. 다리를 쓰지 못하면 팔 힘이라도 강해야 한다는 것이 아빠의 생각이었다. 원래도 내 허벅지 크기만큼이나 팔뚝이 굵었다.

"욕심내지만 않으면 사고도 없다."

"욕심요?"

"더 얻으려고 더 깊은 데서 더 오래 머물다가 잠수병이 오는 법이지."

머구리 일은 죽음의 그림자와 늘 함께였다. 잠수병 외에도 생명줄인 호수가 끊기는 사고도 있었고, 폐그물에 걸려 옴짝달싹 못 하는 일도 있었다. 대신 짧은 시간에 목돈을 만지는 일이기도 했다. 바닷속에는 갈닷고리로 줍기만 해도 반 시간 안에 망태를 가득 채울 만한 해산물이 즐비했다. 해삼과 성게, 비단 멍게는 지천으로 깔려있었고 전복도 간간이 보였다. 더구나 머구리 일을 할 줄 아는 사람은 속초, 고성 통틀어 서른 명도 안 되었다.

"망태~"

얼마나 지났을까? 나래 아버지 수신기로 송 씨 아저씨의 음성이 들려왔다. 새 망태를 준비하라는 말인 듯했다. 송 씨 아저씨가 한가득 채운 망태를 수면으로 올려보냈다. 나래 아빠가 갈닷고리와 밧줄을 이용해 그것을 끌어올리고 새 망태를 던졌다. 망태 끈을 풀자 싱싱한 해산물들이 쏟아져 나왔다.

"야 여기 포인트가 좋은 것 같다. 전복도 많네."

값을 높게 쳐준다는 전복이 꽤 됐다. 나래 아빠가 종류별로 나

뉘 수조에 담갔다. 아빠는 어떻게 되었을까? 나는 초조해졌다. 나래 아빠도 걱정이 되었는지 송수신기에 입을 대고 용득이, 하고 외쳤다. 괜찮네, 하고 답변이 왔다. 그제야 안심이 되었다.

한 30분이 지났을까, 또 나래 아빠의 송수신기에서 송 씨 아저씨의 망태, 하는 소리가 들려왔다. 이번에도 한 가득이었다. 송 씨 아저씨가 망태를 두 개나 올리는 동안 아빠는 아무런 소식이 없었다. 역시 이 일은 아빠에게 무리라는 생각이 들었다. 그때였다.

"망태~"

아빠였다. 나래 아빠가 신이 나서 망태를 끌어 올렸다. 크기는 송 씨 아저씨 것보다 왠지 작게만 느껴졌다. 그런데 망태 끈을 풀자 길이가 내 키만 한 대왕 문어 세 마리가 미끄러지며 나왔다. 먹물을 뿜으며 반항했지만 나래 아빠의 익숙한 손놀림에 금세 제압되었다.

"아이구야! 용득이 수고했네, 수고했어."

나래 아빠가 함박웃음을 띠며 송수신기에 대고 말했다.

"야야, 동윤아 이게 얼마짜리인 줄 아나?"

내가 고개를 갸웃했다.

"요 세 마리면 동윤이 핸드폰 사주고도 남을걸? 요걸, 어찌 잡았어? 몸도 성치 않은 사람이."

나래 아빠 얼굴에 미소가 넘쳤다.

"요 봐라. 한 놈은 암놈인 거 같고 두 놈은 수놈이다. 암놈 차지하려고 지들끼리 싸우다가 네 아빠한테 걸린 모양이다."

"그냥 주워 담는 것보다 훨씬 힘이 들겠네요?"

"그치, 요놈들이 얼마나 재빠르고 힘이 센데."

내 마음이 기쁨으로 환하게 차오르고 있었다. 아빠는 자기 몫의 일을 해내고 있었다. 분명 다시 일어난 거였다. 예전의 아빠로 돌아가고 있는 거였다. 30분 주기로 해산물을 듬뿍 담은 망태가 올라왔다. 3시간도 안 돼서 만선이었다.

"몸이 가벼워지더구나. 몸 쑤시던 것도 싹 사라지고…."

갑판 위로 올라와 자리를 잡은 아빠가 말했다. 지친 모습은 찾아볼 수 없었다. 더구나 잠수병 후유증이었던 통증이 사라졌다는 것이다. 신기한 일이었다. 중력으로부터 자유로워졌을 때 비로소 편안해진다는 것이 역설처럼 느껴졌다. 하지만 이해가 될 듯도 싶었다. 나도 학교라는 중력에서 벗어나 시라는 세계를 유영하면 말할 수 없는 행복감에 젖어 들었으니. 나래 아빠가 해산물을 듬뿍 넣어 라면을 끓였다.

"바다에서는 다리 없는 게 흠도 아니더라."

아빠가 라면 국물로 속을 데웠다. 그래, 시의 세계에서는 돈이 없어도 성적이 낮아도 엄마가 없고 아빠가 아프더라도 그런 것은 전혀 흠이 아니었다. 물론, 몸에 장애가 있더라도 마찬가지일 것이다.

"팔 힘만으로?"

"그래, 이 두 팔만 튼튼하면 아무 걱정도 없다."

"거참 다행이야, 다행!"

아저씨들이 껄껄 웃으며 말했다.

"그러게 그 팔 힘이 아니었으면 한 번에 문어 세 마리를 잡지는 못했을 거야."

나래 아빠가 말했다.

"문어들이 머리가 좋잖아. 내가 성치 않은 사람이라고 단박에 아는 것 같았어. 아주 세 마리가 내 몸을 칭칭 감고 먹물까지 뿌려대면서 저항하는데…."

아빠가 양쪽으로 고개를 흔들었다.

"욕심부리다 또 사고 나면 어쩌려구. 그렇게 힘들면 그냥 놔줘야지."

송 씨 아저씨 말이었다.

"아닙니다, 형님. 욕심이라기보다는…, 내 요놈들을 잡지 못하면 평생 병신 소리나 들으며 살게 되는 거다, 그런 생각이 들더라니까요."

 살아야 하지 않겠느냐는 아빠 말이 비로소 이해됐다. 자유로워지기 위한 거였다. 장애 자체보다는 장애가 있다는 생각으로부터 말이다. 라면 면발을 후루룩 넘기는 아빠의 모습이 기운차 보였다. 늘 입맛 없어 하던 모습과는 딴판이었다. 영원히 기억되어야 하는 순간일 것 같았다. 시적 순간은 누구에게나 아무 예고 없이 오는지도 몰랐다. 이를테면 워즈워스의 '시간의 점' 같은 것, 시가 주는 영원 같은 것. 나는 마음속으로 찰칵, 사진 한 장을 찍었다.

3

석양에 비친 푸른 멍

— 올 것이 온 거지?

유라의 채팅 메시지였다. 그런 것 같다고 나는 답했다. 석식 시간, 학교 시청각실에서였다. 주로 EBS 고교 강의를 듣는 용도로 사용되었는데 컴퓨터도 몇 대 있었다. 구형 586 컴퓨터라서 사용하는 사람은 별로 없었지만 그래도 채팅 정도는 무리가 없었다.

유라가 말한 '올 것'이란 재호가 바람소리를 그만둔다는 거였다. 그간 재호는 아버지한테 바람소리 활동을 비밀로 했다. 일요일 3시간은 친구들과 스터디를 한다고 거짓말을 해놓은 상태였다. 그런데 이번에 발각된 것이다.

얼마 전, 재호에게 아버지 얘기를 하던 장지기가 떠올랐다. 서로 호형호제하는 사이라고 했는데 아마도 장지기를 통해 사실이 알려진 듯했다. 며칠 전 뭔가에 들킨 듯 인사도 없이 아버지 차로 달려가던 재호의 모습도 떠올랐다. 하긴 굳이 장지기가 아니더라도 이 좁은 도시에서 비밀이 지켜질 리 없었다. 조지기가 여태껏 재호 아버지에게 얘기하지 않았다는 것이 오히려 신기할 따름이었다.

− 재호를 구해내자!

유라가 말했다. '아행행' 하고 답변을 보냈다. 재호네로 말할 것 같으면 이 지역 최고의 토호로 수만 평의 기름진 땅과 여러 채의 건물을 소유하고 있었다. 더구나 아버지는 교장 선생님, 두 형은 각각 이 나라 최고의 의대, 치대생이었다. 그 격에 맞는 아들로 살아야 하는 게 재호의 행운이라면 행운이고 족쇄라면 족쇄였다. 우리가 어찌할 수 있는 대상이 아니었다.

− 걔 엄마가 있잖아

무슨 방법이라도 있느냐고 물었더니 돌아온 대답이었다. 엄마라니, 재호는 엄마 얘기는 거의 하지 않았다. 그냥 집에서 가정부를 부리며 사모님 소리를 듣겠거니 짐작할 뿐이었다. 그래도 보통 공부 문제는 엄마들이 알아서 하는 편인데, 재호는 늘 아버지가 도맡아 하는 눈치였다. 아버지가 늦으면 안 된다고 했어, 아버지에게 야단을 맞을 거야, 아버지가 구해준 과외 자리야, 등등 아버지 말만 했다. 조금은 의아스러웠지만 더 친해지면 슬쩍 물어볼 생각이었다. 유라가 내게 했던 것처럼, "우리 엄만 무당이거든"하고 먼저 눙치고 가면서.

그런데 유라는 재호 엄마를 잘 알고 있는 모양이었다. 유라 엄마가 가게를 드나드는 선생님들에게서 직접 들었다는 내용이었다. 유라 말에 의하면 재호 부모님은 별거 중이었다. 그렇게 된 지는 1년 정도 되었다. 서로 성격이 맞지 않는다고는 했는데, 문제 대부분은 재호 아버지의 가부장적인 사고방식일 가능성이 컸다. 재호 아버지는 재호가 엄마 만나는 것을 허용하지 않는다고 했다. 나와도 처지가 비슷했다. 당장이라도 재호를 만나 미안하다고 말하고 싶었다. 알아주지 못해서, 도와주지 못해서.

— 어떻게 재호를 구해내? 보아하니 재호 엄마도 남편으로부터 도망친 거 같은데….

— 놀라지 마. 재호 아빠한테 여자가 있대.

— 헐, 바람피우는 거네, 불륜 같은 거?

— 그렇지

― 교장 선생님 신분으로 그래도 돼? 소문나면 끝나는 거 아냐?

― 그러니까 말이야. 내 계획은 재호한테 그 사실을 알려주는 거야.

― 아버지한테 여자가 있다는 사실?

― 응, 재호가 그것을 이유로 엄마에게로 가겠다고 하면 재호 아빠도 더는 재호를 못살게 굴지 않을 거야.

― 하지만 재호가 자존심이 상할 수가 있잖아. 가족 일인데 우리가 왈가불가할 수는 없을 듯….

― 회장으로서 네가 해야 할 일이야. 게다가 그 소문은 곧 속초 시내에 파다하게 퍼질 텐데 재호만 모르고 있어 봐. 그때 더 크게 상처받을걸?

틀린 얘기는 아니었다. 재호같이 지역사회의 기대를 한몸에 받는 아이와 관련된 소문은 더 빠르고 과장되게 퍼질 것이 뻔했다.

― 좋아, 이번 주 중으로 재호한테 가서 얘기해볼게.

서둘러 인사하고 채팅방에서 나왔다. 석식 시간이 끝나는 종이 울렸다.

★ ★ ★

집에 돌아와 보니 편지 한 장이 와 있었다. 이우영 시인이었다. 내가 편지를 보낸 지 채 일주일도 안 되었다. 나는 자세를 바로 하고 편지를 빠르게 읽어갔다.

차동윤 군에게

바람소리가 다시 만들어진다니, 반가운 소식이구나. 사실 동윤의 편지를 읽고 나서 며칠간 설레는 밤을 보냈다. 마치, 지금 속초 어딘가에서 열여덟 살 이우영이라는 소년이 분주하게 살아가고 있는 것만 같아서 말이다. 입시지옥이라는 말에는 아랑곳하지 않고 시를 읽고 쓰고 읊었던 80년대 속초 거리의 그 쪼그만 녀석이 자꾸 떠올라 목이 메기까지 했다. 신라 화랑의 풍류가 서린 영랑호와 중세의 고성같이 높게 솟은 울산 바위, 푸른 동해와 경쟁하듯 장대하게 뻗은 태백산맥, 늘 사람들로 북적이던 수산시장과 부둣가 등도 여전하겠지. 그 모든 풍경이 사실 나와 우리 바람소리인을 키워내던 것들이었다.

9년 전 바람소리가 해체되었다는 소식을 들었을 때는 얼마간 상실감에 젖어 있었다. 내 고향과 10대 시절을 송두리째 도둑맞은 듯했지. 몇 년 뒤 후배에게서 해체된 이유를 들었을 때는 더더욱 낙담할 수밖에 없었다. 회원들 스스로 공부에 방해가 된다는 이유로 해체를 결정했다고 하더구나. 자유로운 영혼을 지키기 위한 투사가 아니라 입시 경쟁의 전사로 나선 것이지. 물론 시와 문학이 죽어가고 있는 세태도 반영되었겠지만.

사실, 시는 저항의 언어라고 할 수 있다. 시가 만들어 내는 새로운 언어들이 저마다의 정신을 새롭게 하고 우리 사회를 새롭게 한다. 그러기 위해서는 기존의 언어와 사고에 물들지 않는, 자신만의 주체적인 언어와 사고를 가져야 한다. 이를 '시 정신'이라고 부를 수 있을 듯싶구나. 이 말은 모두가 시를 애써 써야 한다는 말이 아니다. 다만 그런 시 정신을 가져야 우리 삶과 사회가 더 풍요로워진다는 말이다. 그런 의미에서 너희들이 지금 학교와 싸우고 있는 모습은 시 정신에 부합하는 행동이라고 볼 수 있다.

조병건이라는 교사는 나를 직접 가르치지 않았지만 몇 번 본 적은 있다. 그때는 30대 중반의 젊은 선생이기는 했으나 고루한 사람으로 기억된다. 내 친구 한 명이 자율학습 시간에 한겨레 신문을 읽고 있다가 그에게 뺨을 여러 대 얻어맞은 것도 생각난다. 그런데 묘한 선생이기는 했다. 바람소리는 시국과는 무관한, 순수 문학 서클이라는 사실을 인정해달라는 서명을 받으러 다닌 적이 있었다. 교사들이 이런저런 이유로 서명을 거부했는데, 그가 선선히 사인을 해주었다. 왜 그랬는지는 잘은 모르겠지만 마음 깊이 다른 결이 있었을 듯싶다.

그런 의미에서 너희에게 필요한 것은 상상력의 힘이다. 어른 중에는 겉과 달리 마음속에 여전히 순수함을 지닌 경우가 많다. 세상을 살면서 온갖 편견과 선입관, 속물근성이 덕지덕지 쌓여 그러한 순수가 빛을 바라지 못하고 있을 뿐이다. 그 마음을 잘 이용해보렴. 그런 사람일수록 자기 안의 순수와 만나는 순간 쉽게 무장해제 되기도 한다.

너희의 어려운 상황이 끝날 때까지 함께 아파하고 고민하도록 하마. 다만, 너희 스스로 해낼 수 있는 그 힘까지 뺏고 싶지는 않다. 불교 용어 중에 줄탁동시(啐啄同時)라는 말이 있다. 부리 '줄'에 쪼을 '탁'이다. 병아리가 알에서 나오고자 할 때, 어미 닭이 알껍질 깨는 것을 도와주는 시기를 말하는 거지. 곧 그러할 때가 오리라 본다. 그때까지 나도 내가 할 수 있는 일을 찬찬히 찾아보마. 건강하고, 행운이 깃들길 바란다.

  예상대로 이 시인의 글에는 딱히 이렇다 할 해결방법이 없었다. 하지만 충분한 응원의 글이기는 했다. 무엇보다 마음속에 스며든 것은 '시 정신'이라는 말이었다. 관습 언어를 낯선 언어로 바꾸는 저항의 정신. 그것은 비단 언어에만 국한되어 있는 것이 아니라 우리의 삶과 사회에도 그대로 적용되는 것이다. 그렇다면 시는 여전히 필요한 것이다. 일단, 부리의 힘을 키워야 했다. 그래야 알껍질에 균열이라도 내서 우리의 소리가 밖으로 새어나갈 수 있을 테니까.

☆ ☆ ☆

촌지를 받지 않는 교사/ 학급문집이나 학급신문을 내는 교사/ 형편이 어려운 학생들과 상담을 많이 하는 교사/ 신문반, 민속반 등의 특활반을 이끄는 교사/ 지나치게 열심히 가르치려는 교사/반 학생들에게 자율성, 창의성을 높이려 하는 교사/ 탈춤, 민요, 노래, 연극을 가르치는 교사/ 생활한복을 입고 풍물패를 조직하는 교사/ 직원회의에서 원리원칙을 따지며 발언하는 교사/ 아이들한테 인기 많은 교사/ 자기 자리 청소 잘 하는 교사/ 학부모 상담을 자주 하는 교사/ 사고 친 학생의 정학이나 퇴학 등 징계를 반대하는 교사

"뭘 보고 있냐?"

뽀다구가 내게 다가오며 말했다. 컴퓨터 화면을 두고 하는 말

이었다. 점심시간 시청각실에서였다.

"정말 이상적인 선생님 상이네, 근데 왜?"

"전교조 교사 식별법이래."

1989년 문교부, 그러니까 요즘의 교육부에서 일선 교육청에 보낸 공문 중의 한 부분이라는 설명이 붙어 있었다.

"그런데 왜 식별해야 해?"

"학교에서 쫓아내기 위해서란다."

"웃긴다. 경제가 수업 시간에 한 말이 떠오른다. 악화가 양화를 구축한다는 말."

"그러게. 당시에는 저런 분들은 다 쫓겨나고 조지기 같은 교사들만 남았다는 말이네."

"우리 담임 다시 봐야겠는걸?"

"지금에야 저 때만 하겠어?"

"하긴, 우리 아빠가 그러는데 그때 참 힘든 시절이었다고 하더라. 옳은 말 하는 사람들은 다 잡아갔대. 민주라는 말만 해도 빨갱이라고 몰아붙이고."

"우리 바람소리가 그때 생겨났어. 근데 너희 아빠 말대로 그험할 때도 견뎠는데, 입시지옥 앞에서 무너진 거지."

나는 이 시인에게서 온 편지를 뽀다구에게 보여줬다. 아침 자습 때 보여준다는 것을 깜박한 터였다.

"햐, 막 전의가 솟구치는걸?"

한참 눈빛을 빛내며 읽은 뒤에 말했다.

"좋은 대학 가는 건 포기해야 할 거 같아. 아니면 한 해 꿇던가."

"바람소리 때문에?"

나는 고개를 끄덕였다.

"그럴 가치가 있다고 생각해?"

"음, 이번에 대충 타협하고 넘어가면 평생 타협하다가 끝날 거 같아."

아빠가 한 말이 떠올랐다. 이번에 지면 평생을 필요 없는 인간으로 살아갈 수밖에 없겠다는 생각으로 대왕 문어와 사투를 벌였다는 말.

"시 정신?"

뽀다구가 고개를 내 쪽으로 돌렸다. 시 정신이 곧 저항의 정신이라는 이우영 시인의 편지 내용을 상기시킨 것이다.

"그치, 시 정신!"

내가 눈을 마주치며 말했다. 우리는 깔깔대고 웃었다.

"너, 우리 삼촌 알지? 왜 마흔 넘어서도 아직 결혼 못 한 삼촌, 가끔 우리 가게 일도 봐주고 하는 사람."

뽀다구가 팔짱을 끼며 말했다.

"응 알아. 그 법대 가셨다는 분."

"우리 할아버지가 삼촌 대학 들어갈 때 송아지 한 마리 샀잖아. 삼촌 고시 합격하면 잡아서 동네 잔치한다고."

"그런데?"

"며칠 전 그 소가 늙어 죽었단다."

"결국, 합격 못 했구나."

뽀다구가 고개를 끄덕였다. 삼촌 덕분에 그 소는 잡아먹히지 않고 천수를 누린 셈이었다. 우리는 낄낄대며 웃었다.

"대학 그거 좋은 데 나와 봤자 다 소용없는 거야. 더구나 곧 사시도 폐지된다잖아. 삼촌 인생 좆된 거지."

"그래, 그럴 바에야 명태요리 전문점 사장이 훨 나을 것 같다."

"뭐 머구리 일도 그럭저럭…"

"그럼 그럼, 마음 편히 사는 게 최고지."

"마음만 편하냐? 그랜저 타야지!"

요즘 속초에서는 횟집 좌판 하나만 있어도 그랜저를 탈 정도였다. 그만큼 관광객으로 넘쳐났다. 곧 금강산 육로 관광이 시작된다는데, 그러면 지금보다 관광객이 열 배 이상은 더 몰려올 거라고들 했다.

"헤이, 요!"

우리는 랩스타의 흉내를 내며 서로의 주먹을 마주쳤다.

★ ★ ★

"알고 있어."

재호는 담담한 어조로 말했다. 말하는 투가 얼마 전 유라가 보인 반응과 닮았다. 조지기와 유라 엄마가 사귄다고 말했을 때의 반응. 깊이 고민한 끝에 이미 결론을 내버렸다는 말투였다. 석식을 먹고 나올 즘, 누군가 등 뒤에서 나를 불렀다. 재호였다. 우리는 조금 쌀쌀하기는 했지만 운동장 스탠드에 가 앉았다. 석양의 붉은 기운이 호수에 섞여 있었다. 단풍 구경도 하지 못했는데 벌써 11월의 끝물이었다.

"그래서 아무렇지도 않다구?"

나는 재호의 옆모습을 바라보며 말했다. 휴대폰을 뺏긴 상태고 당분간은 아버지 차로 등하교하기로 했단다. 나는 유라가 해준 말을 전했다. 재호 아버지에게 다른 여자가 있다는 사실을. 그런데 이미 알고 있다는 거였다.

"엄마가 치매 환자야."

처음 듣는 말이었다. 유라가 자기 엄마를 술집 마담이라고 말했던 것보다도 나를 더 놀라게 했다. 아직 젊을 텐데 치매 환자라니, 차라리 마담 엄마나 무당 엄마가 나은 건지도 몰랐다. 당장 우리 엄마는 무당이야, 라고 응수해야만 할 것 같았는데 좀처럼 입이 떨어지지 않았다.

"한 3년 전부터 시작됐어. 지금은 외가에서 보살피고 있어. 외할아버지가 엄마를 이혼시킬 용의가 있으니 아버지에게 재혼하라고 다그치는 중이야. 대신 나를 데려가려는 모양이야."

"아버지는 거부하시고?"

재호가 고개를 끄덕였다.

"엄마가 너는 알아보시니?"

"아니, 그래서 가기 싫어. 2학년 올라온 이후로 못 봤어."

말하고 나서 입술을 물었다. 실은 엄마를 보고 싶은 마음 때문일 것이다.

"그나저나 이대로 바람소리는 접어야 하는 거야?"

내가 화제를 돌렸다.

"글쎄다, 그래서 너와 상의하려고 찾아온 거야."

"딱히, 나라고 뭐 방법이 떠오르지는 않는다."

말하고 나서 한숨을 쉬었다. 재호도 애꿎은 시멘트 조각 하나를 떼어 운동장으로 던졌다.

"자식들아 없기는, 시 정신이 있잖아, 시 정신!"

어디서 나타났는지 뽀다구가 우리 둘 사이에 끼어 앉으며 말했다.

"아무 데나 시 정신이래. 울 할머니 왈, 좋은 말도 함부로 쓰면 닳아 없어진단다."

"싸워보는 거야. 우리는 학교와 싸우고 재호는 아버지와 싸우는 거지."

"우리야 싸우다 전문대라도 들어가면 그만이지만, 재호는…."

짤막한 침묵이 흘렀다.

"너네 찬우랑 멀어진 게 궁금하다고 했지?"

재호의 말이었다. 찬우라면 학생회장을 말하는 거였다. 갑자기 찬우 얘기를 꺼낸 것이 궁금해서 나와 뽀다구는 숨을 죽였다.

"중3 때, 아버지 책상에 있던 시험지를 베낀 적이 있어."

"누가? 네가?"

뽀다구와 내가 동시에 물었다. 우리는 찌찌뽕을 했지만 분위기는 얼어붙었다.

"그때 아버지가 우리 학교 교장으로 계셨거든. 그즈음 엄마 행동이 이상해지고 있었어. 내게 존댓말을 하기도 했고, 아버지와

형들에게 욕설을 퍼붓기도 했어. 성적이 좋게 나올 리가 없잖아. 그런데 아버지는 늘 상위권이 되기를 원했어. 교장실에 들렀다가 우연히 그 결재를 기다리던 시험지를 보게 된 거지. 근데 뭐 때문이었을까? 아마 그런 짓을 혼자만 한다는 게 무섭기도 하고 죄를 짓는 것만 같구, 그랬던 것 같아. 누구라도 같이 하면 그만큼 죄책감도 덜해질 거라 믿은 것도 같아. 어쩌면 아무런 죄의식도 없었을 수 있어. 오히려 감당할 수 없는 행운 같은 거로 생각했는지 몰라. 재미 삼아, 친구니까, 그래 가장 친한 친구니까 공유하고 싶었어."

"그래서 찬우에게도 그것을 건넨 거야?"

재호가 고개를 끄덕였다. 뽀다구가 어이없다는 듯 콧바람을 내쉬었다.

"그게 걔네 반 담임 눈에 띈 거야. 담임이 조용히 찬우를 불러 내막을 물었고, 찬우가 울면서 모든 사실을 얘기했대."

"그럼, 찬우가 커닝해서 정학을 맞았다는 게 그 얘기야?"

같은 중학교 출신인 뽀다구가 묻자 재호가 고개를 끄덕였다.

"그럼 너는?"

내가 물었다.

"찬우만 처벌을 받았어."

"너네 아버지가 그렇게 처리한 거야?"

뽀다구가 말했다. 재호가 고개를 끄덕였다.

"그 이후로 찬우와 틀어진 거구나."

내가 말했다. 재호는 이번에도 말없이 고개를 끄덕이다가 굵은 눈물을 흘렸다.

"하지만 너는 사실을 얘기하려고 했을 거 아냐?"

내가 덧붙였다. 재호는 눈을 감았다. 주위는 석양에 잠겼다. 직사각형의 4층 건물, 창에서 쏟아져 내리는 형광 불빛으로 교정이 환했다.

"비겁한 거야. 친구만 병신 만들었잖아. 찬우가 일진이 된 것도 너 때문일지 몰라. 중학교 때만 해도 성격도 쿨하고 공부도 잘하는 아이였던 거, 너도 잘 알잖아."

뽀다구 말에 갑자기 재호가 일어났다. 허리띠를 풀고 바지를 내렸다. 허벅지에 피멍이 가득했다. 석양의 붉은빛에 물들어 그런지 더 검붉게 보였다.

"이따위 게 변명이 안 된다는 건 알아."

재호가 바지를 다시 입고 자리에 앉았다. 뽀다구와 나는 열린 입을 다물지 못했다.

"이번에 바람소리 일 때문에 맞은 거야?"

내가 묻자, 재호가 고개를 끄덕였다. 뽀다구와 나는 말을 잃었다. 우리가 도와줄 수 있는 일이 아무것도 없었다. 그렇다고 담임인 조지기가 해결할 수도 없는 문제였다. 경찰에 신고한다는 것은 더더욱 말이 안 되었다. 그건 재호의 선택이지 우리가 할 수 있는 일은 아닌 것 같았다. 긴 침묵 끝에 재호가 천천히 입을 열었다.

"교실에 앉아 자율학습을 하다 보면 가끔 그런 상상을 해. 사각의 교실이 사라지는 거야. 대신 울창한 소나무 너머 코발트색 바다와 푸른 하늘, 그리고 고운 백사장이 펼쳐지는 거지. 형광등이 아닌 한낮의 태양이 우리를 비추고 있고. 책상에 코가 닿을 듯 고개를 숙이고 문제집을 풀던 학생들이 모두 고개를 들어. 당황해하는 아이들 사이로 누군가 책상 위로 올라가는 거야. 교복 상의를 벗고 넥타이를 풀어헤치자 두 팔이 날개가 되고 얼마쯤 파닥이다가 갈매기가 되는 거야. 다른 아이들도 책상 위로 올라가. 새하얀 갈매기가 된 아이들이 너나 할 것 없이 창공으로 날아오르지. 백사장 위의 책걸상은 주인을 잃은 채 바닷바람을 맞고 있고."

재호가 말을 마쳤다. 어스름이 내리기는 했지만, 먼 곳을 바라보며 글썽이고 있을 눈만큼은 또렷하게 느껴졌다.

"학생들은 오간 데 없고 빈 책걸상만 놓여 있는 바다 풍경이

쨰 시적인걸?"

약간의 침묵 끝에 내가 입을 열었다.

"조나단 리빙스턴 시걸의 날개는 꿈을 향해 펼쳐지는 법이지."

뽀다구가 말했다. 리처드 바크가 쓴 『갈매기의 꿈』의 주인공을 두고 하는 말이었다. 초등학교 시절, 필독 독서라서 여러 번 독후감을 쓴 기억이 있었다. 먹고살기 위해서가 아니라 더 높이 날기 위해 끊임없이 비행술을 연마하는 갈매기의 이름이 조나단 리빙스턴 시걸이었다.

"재호야, 왜 갑자기 그런 말을 하는데?"

시적인 이미지와는 달리, 재호의 말에서 뭔가 좋지 않은 예감이 들었다.

"내가 먼저 갈매기가 되는 수밖에 없어."

재호가 허공에서 눈길을 거두며 말했다. 자살, 순간적으로 나는 그런 생각을 했다. 입을 다물고 있는 것으로 봐서 뽀다구도 같은 생각을 하는 모양이었다. 입시 스트레스에 못 이겨 옥상에서 몸을 던지는 학생들이 종종 신문 지상을 장식했다. 갈매기가 된다는 것은 자살 암시라고 생각할 수밖에 없었다.

"걱정 마, 그런 건 아니니까."

무거운 침묵이 흐르자 재호가 말했다. 미소를 지으며 나와 뽀다구의 어깨를 쳤다. 그러곤 말을 이었다.

"해방이야."

"해방?"

"응, 내가 나에게 주는 해방."

재호가 다짐하듯 말했다. 안심이었다. 떨떠름하기는 했지만 적어도 자살은 아닌 것이다. 마침, 예비종이 울렸다. 어느새 석식 시간이 다 지나간 것이다. 우리는 자리에서 일어났다.

"고마워."

나는 재호에게 말했다. 재호네 반 교실 문 앞에서였다. 쉽게 할 수 없는 얘기를 해줘서 고맙다는 말이었다. 그만큼 우리를 신뢰한다는 말일 테니. 재호도 알아들은 것 같았다. 재호는 희미하게 미소 지으며 자기 반으로 들어갔다. 그간 재호를 질투했던 마음이 눈 녹듯이 사라졌다. 재호도 아픈 아이였다. 어쩌면 나보다도 더 큰 외로움 속에 놓여 있는지도 몰랐다.

교실로 향하면서 갈매기가 되겠다는 재호의 말을 곱씹었다. 아버지나 입시의 속박에서 벗어나겠다는 말로 들렸지만 구체적인 그림은 그려지지 않았다. 재호가 갈매기가 된다면 나도 갈매기가 될 수 있을 것만 같았다. 어쩌면 재호의 날갯짓이 우리에게 해방을 가져올지 모른다는 생각을 했다. 왠지 내가 속한 공간과 재호가 속한 공간이 1미터 정도는 가까워진 느낌이었다.

4

우리는 공처럼 구르고 굴렀어

 비가 내리고 바람마저 부는 것 같더니, 밤새 잎들이 모두 떨어졌다. 아침거리는 온통 비에 젖은 은행잎으로 가득했다. 일요일이라서 그런지 거리는 한산했다. 내 발걸음은 무거웠다. 병원에서 하룻밤 잔 뒤, 간병인에게 할머니를 맡기고 집으로 돌아가는 길이었다. 할머니가 쓰러진 것이다. 늘 몸이 아프다고 하더니 이번에 진짜 큰 병이 온 것이다. 뇌졸중이라고 했다. 갑자기 추워진 날씨 때문이었다.

 아빠는 따뜻한 아파트에서 살았다면 이런 일은 없었을 거라고 자신의 처지를 원망했다. 무엇보다 직접 할머니를 보살펴 줄 수 없다는 것을 한탄했다. 집안에 두 사람이 몸을 제대로 움직일 수 없는 상황이 된 것이다. 당장 집안일을 할 사람은 나밖에 없었다. 바람소리 일에다 집안일, 어쩌면 할머니 병시중까지…. 당장 자습이 면제되었고 독서실도 끊었다. 대학은 다 간 것이다.

"갠따로!"

앞서가던 오토바이가 섰다. 피자가게 상표가 눈에 띄었다. 랩스타가 헬멧을 벗은 채 웃고 있었다. 아르바이트 중인 모양이었다.

"아침부터 배달이야?"

내가 다가가며 말했다.

"아… 아니, 출근이다."

왠지 말을 더듬는 것 같았다. 오전 9시를 조금 넘긴 시각이었다. 아무리 일요일이라고 하지만 피자집에서 벌써 일을 시작할 리 없었다. 더구나 랩스타가 일하는 가게와는 반대 방향으로 가고 있었다. 등에는 커다란 배낭을 멨다.

"태워줄까?"

"한참 돌아가야 할걸?"

"괜찮다, 시간 좀 있다."

오토바이는 수복탑을 돌아 수산시장을 거쳐 갯배 선착장에 다다랐다. 갯배는 속초 시내와 청호동 사이 25미터 되는 바다를 오가는 줄배였다. 무동력선으로 승객들이 직접 쇠줄을 갈고리로 당겨야 했다. 주로 젊은 남자들이 갈고리를 잡았다.

  우리는 헤어지기 아쉬워서 슈퍼에 들렀다. 아이스크림을 하나씩 사서 야외 테이블에 자리를 잡았다. 중국인 관광객인 듯한 사람이 다가와 갯배 배경으로 사진을 찍어달라고 했다. 낙후한 도시의 상징이었던 갯배가 이제는 관광객들에게 명물이 되었다. 랩스타가 흔쾌히 카메라를 받으며 몇 마디 중국어를 주고받았다. 자식, 제2외국어로 중국어를 배워둔 모양이었다. 그래도 대화가 꽤 자연스러웠다. 공부에는 손을 놓았다더니, 알다가도 모를 놈이었다.

  포즈를 취하는 관광객들 너머 '은서네 집'이라는 간판이 보였다. 한국에서도 존재감이 없던 청호동이 지금은 아시아인들에게 꽤 알려진 명소가 되었다. 드라마 <가을동화>가 중화권에서 히트한 덕분이었다. 청호동이 드라마의 배경이고 은서는 여주인공 이름이었다. 드라마를 찍을 때가 중3 시절이었다. 송송 커플을 보기 위해 속초 시내 학생들이 구름처럼 몰려들었다. 물론 거기에는 나와 나래도 끼어 있었다.

  "바람소리는 가망 없지?"

  랩스타가 아이스크림 포장을 벗기면서 말했다.

"왜 그런 말을 해?"

"재호 탈퇴했다며?"

"아직은 몰라. 제 발로 나간 건 아니니까."

더구나 갈매기가 된다고 했다. 재호는 입시를 포기할지언정 결코 바람소리를 그만두지 않을 것이다.

"그건 그렇고, 너네 학교에서는 회원 모집 안 되나?"

재호를 생각하면 머릿속이 복잡해 화제를 돌렸다.

"돌대가리 새끼들이 뭔 시를 알겠나? 아새끼들은 여자 따먹는 얘기나 하고, 간나 아들은 얼굴에 뭐 처바르는 것밖에 모르는 것들이다. 내가 가들하고 있다 보면 아주 뇌가 썩는다, 썩어."

이제는 사라져가는 속초 사투리가 물씬 풍겼다. 누가 들으면 북한 간첩으로 오해할 것 같았다.

"우리 엄마도 너네 학교 다녔어. 그렇게 깎아내리지 마라."

"그때야 인문계보다 상고가 훨씬 잘 나갔지. 지금에야 인문계 못 가면 사람 취급해주나. 사실, 우리 학교에도 뭐 쪼끔 시에 관심 있는 애들이 있긴 하더라. 그런데 인문계 애들이랑 같이 한다고 하니까 다들 고개를 젓더라구."

"왜?"

"그냥, 자격지심 때문이지."

"너는 그런 거 없잖아."

"당연하지, 우리 래퍼는 말이야? 자유로운 영혼들이라고. 입시에 찌들어 사는 니들을 오히려 불쌍히 여길 줄 안다는 말씀이지."

"랩 경연 준비는 잘 되고 있어?"

춘천에서 열리는 랩 경연대회에 참가하기 위해서 맹연습 중이라는 말을 들었다.

"뭐, 그럭저럭…"

이번에도 말을 흐렸다. 그러더니 불안한 듯 눈알을 굴렸다. 다리까지 달달 떨었다. 평소 느긋한 모습과는 딴판이었다.

"쟤, 나래 아니니?"

랩스타의 얼굴이 순간 환해졌다. 마침 이쪽으로 갯배가 도착하고 있었다. 잠옷에다 무릎까지 오는 카디건을 걸친 나래가 서 있었다. 어쩔 줄 몰라 하는 랩스타의 얼굴을 보자 나래는 고개를 새침하게 돌렸다. 이 녀석, 정말 나래를 좋아하는 걸까. 내가 의심스러운 눈초리로 바라보자 랩스타가 겸연쩍은 듯 자리를 고쳐 앉았다.

"뭐야, 너희 아침부터…."

나래가 다가오며 말했다.

"어, 병원에서 오다가 우연히 만났어."

내가 자리 하나를 만들어 주며 말했다.

"할머니는 괜찮은 거지?"

"응, 의식은 멀쩡해."

랩스타가 의아해하자 할머니가 풍을 맞았다고 이야기를 해주었다.

"다행이다. 근데 이 오토바이는 뭐야? 너 알바 어제 그만뒀다며?"

나래가 말하자 랩스타의 얼굴에 당황한 기색이 역력했다. 나래 말에 의하면 어제저녁에 친구들과 랩스타가 일하는 피자집에 갔다는 것이다.

"아아니, 오늘 그만둘 거야. 일요일까지 해달라고 해서."

이번에도 랩스타가 말을 더듬었다. 뭔가 말 못 할 사정이 있는 게 분명했다.

"넌, 동네가 니네 안방이냐? 잠옷 차림으로 돌아다니게."

내가 나래에게 말했다.

"너는 어떻구? 여름이면 빤스 바람에 다니잖아?"

"그게 무슨 빤스냐? 수영복이지."

"야야, 시끄럽다. 너네는 그냥 남매 맞아, 남매, 인정해."

랩스타가 끼어들었다.

"그건 그렇고 무슨 얘기들을 그렇게 심각하게 나누고 있었어?"

"바람소리의 미래?"

내가 고개를 갸웃하며 말했다.

"설마, 랩스타 너 그만둔다는 말을 한 건 아니겠지?"

나래가 눈을 흘기며 말했다.

"너도 그만둔다고?"

"그래, 학교도 그만두고 서울에 갈 거란다. 음악 하러. 성공해서 꼭 돌아온다나 뭐라나."

내가 묻자 나래가 답했다. 아까부터 랩스타가 말을 얼버무린 이유인 듯싶었다.

"이제 1년만 버티면 되는데…, 더군다나 실업계는 여름방학부터 실습 나가면 등교 안 해도 되잖아?"

"그냥, 나도 내 좋아하는 일 하다가 기회 되면 검정고시나 보려구."

랩스타가 먼 곳을 바라보듯 목을 빼며 말했다. 그때였다. 저쪽에서 순찰차가 경광등을 빛내며 다가오고 있었다. 랩스타가 먹던 아이스크림을 휴지통에 버리고 재빨리 오토바이에 올라탔다.

"뭐야, 뭐 죄지은 거 있어?"

내가 좇아가며 물었다.

"에이씨, 왜 시동이 안 걸리는 거야."

몇 번인가 시동 버튼을 눌러도 오토바이는 헐떡이는 듯한 소리만 냈다.

"키, 키를 안 돌렸잖아."

나래가 손으로 가리키며 말했다. 아빠 스쿠터를 타고 청호동을 누비곤 하던 나래다웠다. 아차, 하고 랩스타가 키를 돌리는 순간 순찰차는 아무렇지도 않게 우리 옆을 지나쳤다.

"야야, 이리 내려와 봐라. 너 무슨 일인데?"

내가 랩스타의 배낭을 잡아끌며 말했다.

"너 어제부터 수상했어. 이리 좀 앉아봐."

내가 잡아끌 때는 버티더니, 나래 한 마디에 힘을 풀었다.

"실은 가출하려던 참."

"가출?"

나와 나래가 동시에 물었다. 우리 둘은 힘없는 목소리로 찌찌뽕을 했다. 랩스타네 집 사정이 그렇게 좋지 않다는 것은 알고 있었다. 인문계가 아닌 실업계로 간 것도 부모님 부담을 덜어주기 위해서였다. 알바를 하느라 조금 힘들어하긴 했지만 랩 서클과 바람소리 활동을 하며 나름 알찬 생활을 하고 있었다. 그런데 난데없이 가출이라니!

"응, 이대로 미시령을 넘으려고 했어."

"이 피자집 스쿠터를 타고?"

랩스타가 고개를 끄덕였다.

"피자집 사장이 보름치 월급을 안 주는 거야. 한 달 안 채웠다고 못 준다나 어쩐다나. 그래서 이 오토바이로 대신한 거지."

"햐, 너 그거 절도죄라는 거 몰라?"

"알아, 아니까 도망치려고 했지."

나래와 내가 고개를 저었다.

"가출하려는 이유나 들어보자."

내가 물었다.

"그냥 속초는 많이 모자라. 너도 알잖아. 여기서는 어디 랩을 할 만한 분위기가 아니야. 배울 데도 없구. 서울에 가면 자퇴생만 모이는 전문 래퍼 그룹이 있대. 낮에는 알바하고 밤에 춤 연습을 하는 거지. 무료로 배우고 숙식은 함께 해결할 수 있대. 열정만 있으면 형제처럼 받아주는 곳이야."

"그래도 가출이라는 형식은 조금 비겁해 보인다."

나래가 말했다. 아까부터 주기적으로 휴대폰 진동이 울렸다. 나래 엄마의 전화인 듯했다. 나래가 휴대폰의 정지 버튼을 지그시 눌렀다. 랩스타를 바라보면서.

"집구석에도 들어가기 싫어."

녀석이 한숨을 길게 쉬었다.

"나, 보다시피 오래 못 있어."

나래가 휴대폰을 들어 올리며 말했다. 또 진동이 울리고 있었다. 다시 정지 버튼을 누르고 휴대폰을 열었다. 그리곤 뭔가를 읊었다.

    이상하다고 생각했어, 공이라니

    그건 아닌 것 같았지만 신기하다는 생각까진 못 했어

    나는 배우면서 바라보기만 했어

    흙과 백의 칠판

    어느 날 창밖을 보니

    파란 하늘이 있고 구름, 산, 나무, 바람

    그리고 사람들, 우리가 아닌 하나하나의 풍경 같은 사람들

    그때 선생님은 우리를 굴렸어

    미안하다면서 우리를 굴렸어

    공이야 공, 선생님은 미안해서라고 했어

    칠판 앞에 광대같이 선생님이 있었고

우리는 공처럼 구르고 굴렀어

창밖엔 하늘, 구름, 산, 나무

너와 나를 어루만지고 온 바람

풍경처럼 사람들이 있고

바다 냄새 풍겨왔었지.

선생님은 우리를 굴리고

계속 미안해서라며

공이야 공, 하며 우리는 굴러가지

창밖을 보니 풍경처럼 사람들이 있었어

풍경처럼 있었어

창 곁을 지나 내뿜은 바다 냄새에

울어버렸어, 바다 냄새에

"나래 너가 쓴 시야?"

내 목소리에는 감탄이 섞여 있었다. 휴대폰을 뺏어서 보니 문자 메시지 여러 통에 한두 구절씩 시가 입력되어 있었다. 45자 이내의 글자 제한 때문이었다. 시 한 편을 문자 메시지로 쪼개서 보내다니 꽤나 낭만적이었다. 어쨌든 재호의 「신나는 오후」를 능가하는 작품이었다. 시에 무슨 경중을 따지겠느냐마는 지금 내 느낌은 그랬다.

"아니, 랩스타! '공'이라는 제목이지?"

나래가 랩스타에게 동의를 구했다. 랩스타가 고개를 끄덕였다. 얼굴이 발갛게 떠 있었다. 그러고 보니 휴대폰 화면의 송신자가 랩스타였다. 어느새 랩스타도 휴대폰 소유자가 되어 있었다. 스스로 돈을 벌 수 있다는 게 부러웠다.

"그냥 너희들 관찰하면서 썼어. 뭐, 실업고도 만만치 않지만."

"오, 이 시에 리듬만 넣으면 죽이는 랩핑 가사가 되는 거네."

내가 말했다.

"바람소리 행사에 이 시로 랩핑을 해줘. 그럼 그때 생각해 볼게."

나래가 그 말을 하고는 부끄러운 듯 자리에서 일어났다. 생각해 본다? 나래는 내가 물을 새도 없이 마침 도착한 갯배로 뛰어갔다. 분명 무슨 심부름으로 나왔을 텐데 맨손으로 돌아가는 거였다.

"지금 나래가 내 시를 인정한 거지?"

랩스타가 얼이 빠진 듯 내게 물었다. 내가 고개를 끄덕였다.

"그리고 생각해 본댔어, 그치?"

"뭘 생각해 본다는 거야?"

"그런 게 있어, 갠따로. 시간 나면 뽀다구랑 피자가게로 와. 피자 한 판 쏜다."

랩스타는 일어나 오토바이에 걸쳐 앉았다.

"가출은?"

"나중에~"

오토바이 시동이 걸렸다. 그러곤 오던 길로 되돌아갔다. 나만 남겨놓고 둘 다 쌩하고 사라진 거였다. 묘한 느낌이었다. 유라가 재호 얘기만 할 때의 느낌과도 달랐다. 나와 나래가 남매나 다름없는 사이라고 하더라도 뭔가 아쉬운 느낌이었다. 나는 머리를 긁적이며 집으로 향했다. 맑은 하늘에 갈매기들이 끼룩끼룩 울었다. 울음이 날카로워진 것을 보니 본격적인 겨울이 시작될 모양이었다.

☆ ☆ ☆

"갠따로, 그 얘기 들었어?"

뽀다구가 헐레벌떡 뛰어와 자리에 앉았다.

"찬우 패거리가 문학 서클을 만든대. 뭐 이름이 듣보배라고 하대."

"듣보배?"

"듣고 보고 배운다를 줄인 말."

"흠, 이름은 좋네."

나는 말하고 나서 웃음을 흘렸다. 그런데 뽀다구는 심각한 표정이었다.

"총학생회 문화부장 하는 놈 있지? 너 대신 들어간 창민이라고."

나는 고개를 끄덕였다.

"걔가 중심이 돼서 회원을 모집한대. 회원 특전은 회지가 나올 때마다 봉사점수 10점씩을 준다는 거야. 모임 장소 제공에 학교 매점 후원으로 간식도 맘껏 나온단다. 조지기가 뒤에서 조종한 거지."

그러찮아도 조지기는 얼마 전 나를 불렀다. 감히 누구 허락 없이 남의 학교 교장을 만나고 다니냐는 거였다. 영고는 영고고 영여고는 영여고다, 그쪽은 허락했다고는 하지만 우리 학교는 허락할 수 없다, 이참에 여고 따로 남고 따로 하는 게 어떻겠느냐, 등등 조지기의 말이었다. 표정은 여유로워 보였지만 어딘가 불안해하는 기색이 역력했다. 우리가 여고에 갔다는 사실을 알았다면 학생들의 폭발적인 반응도 들었을 것이다.

"옛날에 선생님께서는 바람소리 활동에 동의해주셨다고 들었어요."

"니 담임이 그러던?"

"아뇨, 이우영 시인이요. 바람소리가 건전한 청소년 문학 서클이라고 서명까지 해주셨다네요."

"그때야 곧 88올림픽도 열리고 뭐 금방이라도 민주화가 될 것 같기도 하구, 또 내가 젊기도 했지."

조지기가 회상에 젖은 듯 눈을 가늘게 떴다.

"20세기인 그때보다 21세기인 지금이 훨씬 민주화된 세상이 아닌가요?"

"뭐, 그렇다고 할 수 있지."

"그때도 가능했던 바람소리가 왜 지금은 안 되는 건지 잘 모르겠습니다."

"너, 그건…, 거 지금은 민주화가 너무 심해서 문제야. 지금도 봐봐라, 어? 어디 학생이…, 어, 선생님한테 꼬박꼬박 가르치려 들어? 너 이거 안 되겠다. 저번 편지 건도 있어서 사부작사부작 넘어가려고 했는데…."

조지기가 지휘봉을 들어 내 팔을 툭툭 쳤다. 말을 더듬는 것으로 보아 말문이 막힌 것이다.

"이봐, 조 선생, 거 애가 하는 말 하나도 틀리지 않네. 애들 숨통 좀 틔워줍시다."

조지기 건너 건너에 있던 윤리 선생님이었다. 곧 정년 퇴임을 앞둔 분이었다. 승진 같은 것은 염두에 두지 않고 평생 평교사로 지내 왔다. 학생들은 물론 교사들 사이에서도 존경을 받았다. 웬만하면 큰 소리 내지 않는 사람이기도 했다. 교무실에 있던 사람들 눈이 일제히 윤리 선생님과 조지기에게 향했다. 생각지도 않은 일격에 조지기의 얼굴이 붉어졌다.

"너 나중에 얘기하자, 가봐."

조지기는 그렇게 말하고 자리를 고쳐 앉았다. 분을 삭이고 있는 듯했다. 그런 일이 있고 난 뒤 일주일 만에 조지기는 학생회를 움직여 듣보배라는 교내 문학 서클을 급조한 것이다.

"햐, 정말 뒤끝 종결자다."

내 얘기를 들은 뽀다구가 코를 씩씩거렸다. 교내에 문학 서클이 있으면 굳이 여고나 실업고 애들이랑 어울릴 필요가 없다는 조지기의 말이 설득력을 얻게 될 것이다.

"난 별로 걱정 안 해. 학교에서도 조지기한테 시달리는데 서클에서도 그러고 싶을까?"

"봉사점수가 달려 있잖아. 10점 따려면 시청 가서 10시간은 대걸레질해야 할걸? 차라리 편하게 시 몇 편 쓰고 마는 게 낫지. 게다가 조지기의 비호 아래 있으니까 뭐 잘못해도 그냥 넘어갈 수 있잖아. 중앙교회 애들 봐라. 자기 교회 신도라고 조지기가 감싸는 거."

"우리가 딱 공 신세다, 공 신세!"

"공?"

나는 며칠 전 랩스타가 쓴 시 내용을 말해주었다. 학생은 공이고 선생은 공을 차는 사람, 공이 의지가 없는 것처럼 학생도 수동적으로 살 수밖에 없는 현실, 뭐 그런 얘기를 했다.

"대박인데? 나한테 좋은 생각이 났어."

"무슨?"

"나중에 말해줄게."

뽀다구는 뭐가 신났는지 혼자 키득거렸다.

⑤ 남고 행동의 날

 학생회실을 찾은 것은 이번이 두 번째였다. 처음은 회장 선거가 있고 나서 일주일이 지나서였다. 바람소리 모임 문제로 조지기로부터 주의를 받은 지 얼마 안 된 시점이었다. 찬우는 나를 학생회실로 불러 문화부장 자리를 맡아달라고 부탁했다. 문학 모임을 이끌고 있다는 것이 지명 이유였다. 찬우와는 일면식도 없는 사이였는데 그런 나를 인정해준 것이 고마웠다. 나는 흔쾌히 받아들였다. 찬우와 힘을 합하면 바람소리 활동을 학교로부터 보장받을 수 있을 거라는 생각도 들었다.
 그런데 거기까지였다. 찬우가 임원명단을 제출하자 조지기가 퇴짜를 놓은 것이다. 무단으로 서클을 조직해 학습 분위기를 망친다는 이유였다. 찬우가 사정을 말하면서 난감해하던 표정이 생각났다. 충분히 이해할 수 있었다. 조지기의 15년 아성 앞에서 용기 내기가 쉽지 않았을 것이다. 그때는 찬우에 대해 나쁜 감정은 없었다. 강인한 인상 때문에 친근한 느낌은 아니었지만, 웃을 때면 선한 눈매가 그대로 드러나는 아이였다. 키도 컸고 성격도 시원시원했다.

문을 열자 찬우가 보였다. 참고서를 보며 필기하고 있었다. 의외의 모습이었다. 학생회 일을 하면서 틈틈이 공부하는 모양이었다. 그 모습만 보면 영락없는 모범학생이었다. 찬우의 일진설은 어쩌면 와전된 것일지도 몰랐다. 밖에서는 아이들의 공차는 소리가 들려왔다. 점심시간이었다.

"무슨 일인데?"

찬우가 고개를 들었다. 목소리에 나름 학생회장다운 카리스마가 실려 있었다.

"바람소리 회원까지 뺏어갈 필요가 있어?"

내가 말했다. 얼마 전, 새로 들어온 1학년 학생 둘이 듣보배로 가버렸다. 뽀다구와 내가 온갖 정성을 들여 겨우 확보한 회원들이었다.

"뭔 소린지, 걔네가 자발적으로 선택한 걸 나보고 어쩌라구?"

말투가 조롱 조였다.

"문화부장 창민이가 헛소리를 지껄이는 바람에 그런 거라구. 뭐, 바람소리 들어가면 조지기가 부모님 불러내 강퇴시킬 거라고? 우리가 후배들한테 시내 가게들을 돌게 하며 앵벌이시키고?"

"첫 번째 얘기는 아마 그렇게 될 거야. 조지기도 한계가 왔다고 여기고 있어. 회원들 부모님을 직접 설득하겠다는 말을 들었어. 두 번째 얘기도 틀린 말이 아닐 거야. 조지기 말에 의하면 옛날에 그렇게들 했다고 하더군. 행사 열 때마다 시내 가게 돌면서 후원금을 받아냈다고. 그게 앵벌이가 아니고 뭐야?"

말문이 막혔다. 영여고도 축제가 있으면 다들 그렇게 후원을 받곤 했다. 그것을 가지고 앵벌이라니. 녀석은 이어서 말했다.

"교내 서클로 들어오면 그런 일 없을 거 아냐? 학교에서 행사나 운영비용도 대준다고 했잖아. 잘 생각해봐. 네가 생각만 바꾼다면 지금이라도 내가 조지기한테 잘 말해줄 수 있어. 걍 조지기한테 굴복해. 그게 편해. 그만두고 싶은데 너한테 미안해서 탈퇴를 못 하는 회원도 있을 거야."

녀석은 바람소리 회원이 꽤나 되는 줄 아는 모양이었다. 영고에 남은 회원은 이제 나와 뽀다구 딱 두 명이었다. 신입회원 두 명도 나가 버린 것이다. 하지만 여고 사건도 그렇고 조지기와 대립하면서 바람소리가 원래 규모 이상으로 부풀어져 있는 듯했다. 그렇다면 주눅 들 필요가 없었다. 자기 몸집보다 서너 배 큰 비늘막을 펼치는 목도리도마뱀처럼 허세를 좀 부리고 싶었다.

"그럴 줄 알고 부모님은 우리가 이미 다 설득했고 충분히 이해해주고 있어. 그리고 앵벌이? 그런 건 없을 거야. 장담해. 우리 부모님들이 도와주실 거야. 재호네가 갑부라는 건 너도 잘 알고 있지? 의사 부모님도 있어. 영고, 영여고 통틀어 우리를 은밀히 지원해주는 선생님들도 열 명은 넘어. 그러니까 우리 회원들 끌어갈 생각은 말아줬으면 해. 안 그러면…."

그럴듯한 말이었지만 태반이 거짓이었다.

"안 그러면?"

찬우가 웃음을 흘렸다.

"전면전이야. 조지기뿐만 아니라 너네 학생회와도."

내가 자리에서 일어나면서 말했다.

"마음대로."

찬우는 바퀴 의자를 뒤로 밀어 컴퓨터 화면 쪽으로 몸을 돌렸다. 전혀 신경 쓰지 않겠다는 태도였다.

"재호를 생각해줘."

나는 준비해 온 마지막 총알을 발사했다. 찬우의 어깨가 굳어지는 것이 느껴졌다. 컴퓨터를 켜자 윈도우의 시그널 음악이 나왔다. 그런데 웬일인지 부팅이 되지 않은 채 화면이 그대로 멈췄다. 찬우가 모니터를 탁탁 쳤다.

"너 재호 허벅지 본 적 있어?"

내가 이어서 말하자 찬우가 내 쪽으로 고개를 돌렸다. 무슨 말을 하고 싶으냐는 표정이었다.

"온통 피멍이 들어 있어."

찬우의 눈동자가 커졌다. 상처입은 초식동물에서나 볼 수 있는 불안과 경계의 눈빛이 서려 있었다.

"재호 아버지야. 골프채로 툭하면 때린대. 우리에게 처음 하소연했을 뿐 어디에도 말할 수가 없었나 봐. 너도 잘 알잖아. 재호 아버지가 이 지역에서 어떤 위치에 있는 사람인지를. 바람소리가 그나마 출구가 되고 위로가 되었는데 이제 그마저도 할 수 없게 됐어. 듣고 있니?"

"가라, 혼자 있고 싶으니까."

찬우는 그 자세로 눈을 감았다.

"혹 재호한테 배신감 느꼈다면 오해를 풀어줘. 다 재호 아버지 때문이잖아."

찬우의 속눈썹이 파르르 떨렸다. 금세라도 분노가 터져 오를 것 같았다. 나는 조용히 학생회실을 나왔다. 안에서 뭔가 부서지는 소리가 들려왔다.

★ ★ ★

기말고사가 2주 앞으로 다가왔다. 학생회가 만든 문학 서클은 승승장구했다. 회원 수가 열 명을 넘었다는 말이 돌았다. 기말고사가 끝나면 본격적인 창단준비에 들어간다고 했다. 반면 바람소리는 영고에서 단 한 명의 회원도 모으지 못했다. 재호는 여전히 아버지 차를 타고 등하교했다. 가끔 얼굴이 마주쳤지만 그냥 희미한 미소를 지을 뿐이었다. 그럴 때마다 재호를 구해내자는 유라의 말이 떠올랐다. 죄의식 같은 것이 따라왔다.

"요런 호로 잡놈의 새끼, 차동윤이 너 이리 나와."

또 조지기였다. 아침 자율학습이 막 끝나가던 즈음이었다. 담임 선생님이 조지기를 따라와 말렸지만 어림없었다. 조지기는 뒷문으로 들어와 내가 있는 책상으로 달려왔다. 그리고 내 멱살을 잡아끌었다.

"너 이리와. 이 새끼 말로 해서는 안 돼, 아주 순 악질이야. 근

본부터 썩어빠진 놈이라구!"

나는 앞문까지 질질 끌려갔다. 두려움도 저항심도 생기지 않았다. 영문을 모르기 때문이었다.

"조 선생님, 글쎄 좀 참으시라고요. 동윤이가 했다고 어떻게 장담하십니까?"

담임이 문 앞에서 버틴 채로 말했다. 표정과 말투에 단호함이 섞여 있었다.

"설사 동윤이가 했다고 하더라도 그게 잘못된 거라 할 수는 없지 않습니까?"

"뭐, 그게 잘못이 아니라고? 학교 명예는 뭐가 되고?"

"학교 명예가 아니라 조 선생님 명예겠지요?"

"뭐라고? 이 빨갱이 새끼가!"

조지기의 솥뚜껑 손이 담임의 뺨을 향했다. 담임이 잽싸게 조지기의 손을 잡았다. 아이들이 일제히 워, 하고 낮은 탄성을 질렀다.

"이거 안 놔? 이래 봬도 내가 니 선생이었어, 잊었어?"

아, 이제야 알 것 같았다. 담임이 조지기 앞에서 상사 이상으로 늘 조심스러웠던 이유를. 둘은 사제지간이었다.

"애들 앞에서 이러지 마시고 교무실로 가서 얘기하시죠."

"놔! 너도 책임을 물을 테니까, 이거 놔!"

조지기는 내 멱살을 다시 들어 올렸다. 키 174에 몸무게 52킬로그램짜리 몸이 조지기의 손에서 옷자락처럼 하늘거렸다.

"그거 놓으세요! 제가 했어요, 제가!"

뽀다구가 자리에서 일어나며 말했다.

"선생님은 공을 차는 사람도 아니고 그냥 조폭이에요, 조폭요!"

뽀다구의 눈빛이 활활 타올랐다. 처음 보는 모습이었다. 조지기는 내 멱살을 내려놓고 뽀다구에게 달려갔다. 뽀다구 멱살을 잡고는 교실 밖으로 사라졌다. 담임이 그 뒤를 따랐다. 뽀다구가 학교 홈페이지 자유게시판에 올린 글 때문이었다. 제목은 '영고를 소개합니다'였다. 랩스타의 시에서 영감을 받아 쓴 글이라고 했다.

강원도 속초시 영랑호반에 자리 잡은, 40년 전통의 사립 영랑고등학교는 공들이 다니는 학교다. 1200개의 공이 있는데 30여 개의 공간 속에 약 40여 개씩 들어가 있다. 이들은 늘 구른다. 하루 종일 구르고 굴러서 매일같이 더 둥그러지고 더 작아진다. 이 학교의 대마왕은 한 번에 1200개의 공을 굴리는 신공을 자랑한다.

공이 굴러가야 할 곳은 스카이라는 골문인데, 이곳에 골인하는 경우는 2~3년에 겨우 한두 번 정도이다. 위로는 상왕이 있으나 공을 굴리는 일에는 관심이 없다. 그는 보다 작고 단단하고 돈이 많이 드는 공을 굴린다. 우아한 몸짓으로 나이스를 연발하며 긴 막대기로 그 공을 영랑호수 한복판으로 날려 보내는 일을 소일로 삼는다. 옆으로는 50여 명의 사형이 있으나 신공이 대마왕에게 미치지 못한다. 이들은 마지못해 공을 굴리는데 대마왕이 자신들의 수고를 대신해준다고 생각한다. 이들은 아부파와 웰빙파로 나누는데 아부파는 대마왕을 추종하고 웰빙파는 대마왕을 한사코 피한다. 아래로는 10여 명의 졸개들이 있는데, 그들도 공이긴 마찬가지이다. 그 공은 유난히 크고 힘이 세서 다른 작고 연약한 공들을 마구 치면서 굴러간다.

영랑고등학교에서 공을 굴린다는 말은 다른 말로 '조진다'라고도 바꿔 부를 수 있다. '굴림' 내지 '조짐'이 일상화되어 공들은 남들에게 차이고 서로 부딪혀 만신창이가 되더라도 골문 안으로 들어가면 그것을 영광으로 한다. 혹 스스로 다른 곳으로 굴러가겠다는 공을 보면 배를 잡고 떼굴떼굴 구른다.

뽀다구의 글은 인터넷 카페를 타고 삽시간에 퍼졌다. 조지기는 물론이고 이사장과 일반 교사, 학생회와 일반 학생까지 두루 조롱하는 내용이었다. 대마왕은 조지기, 상왕은 이사장, 50여 명의 사형은 교사들, 10여 명의 졸개는 학생회, 나머지는 영고 학생들을 의미했다. 이 글을 읽은 영고생들은 처음에는 웃겨 죽겠다고 배꼽을 잡다가, 나중에는 뭔가 세게 얻어맞은 듯한 표정을 지었다.

얼마 안 돼, 뽀다구는 학교 상벌위원회에 부쳐졌다. 학교의 명예를 실추시켰다는 것이 그 이유였다. 담임 선생님이 정학까지는 막겠다고 약속했으나 될 것 같지 않았다. 이사장과 교장, 아부파 선생님들은 물론이고 일부 동문까지 나서서 해당 학생의 징계를 요구했다.

이번 일로 뽀다구도 바람소리 활동을 더는 할 수 없을지도 몰랐다. 그렇다면 바람소리는 이제 영고에 나 하나만 달랑 남게 되는 것이다. 정말이지 그렇게 된다면 이젠 다 치워버리고 싶었다. 이우영 시인의 말뿐인 편지도 원망스럽게만 느껴졌다.

"괜찮아, 우리 부모님은 늘 내 편이야."

뽀다구가 내게 헤드록을 걸며 말했다. 자식, 시 정신을 입에 달고 다닌 게 농담만은 아닌 거였다. 늘 천방지축이었던 뽀다구가 나보다도 훨씬 커 보였다.

★ ★ ★

 첫눈이 내렸다. 영랑호는 눈을 감고 있는 듯 잔잔했고 멀리 울산 바위는 눈발에 가려 희미했다. 이번 학기 마지막 시험이 시작되는 날이었다.
 "쟤 뭐 하는 거냐?"
 "뭔데?"
 "헉, 누구야?"
 창문 곁에 앉은 아이들이 수군거렸다. 첫 시험 시간이 끝나는 종이 울리고 답안지를 모두 걷었을 즈음이었다. 담당 선생님도 창밖을 내다봤다. 뽀다구와 나도 창가로 갔다. 누군가 눈 내린 운동장에 발자국을 찍으며 뭔가를 쓰고 있었다.

 영고 OUT

 마지막 T자가 완성되고 있었다. 아이들이 탄성을 질렀다. 자세히 보니 발자국 글씨를 쓰는 아이는 재호였다. 선생님의 앉으라는 말소리가 들려왔지만 누구도 자기 자리로 돌아오지 않았다. 재호가 운동장을 가로질러 교문 쪽으로 향했다.

나도 가만있을 수는 없었다. 재호에게 가야 했다. 재호는 지금 갈매기가 되려는 것이었다. 재호와 함께 싸워야 했다. 내가 나가려 하자 뽀다구가 팔을 잡았다. 그리고 창밖을 턱으로 가리켰다. 재호를 따라나서는 아이가 있었다. 창문에 바짝 붙어 보니 찬우였다.

"둘이 해결할 문제가 남았잖아."

부끄러움과 죄책감, 미안함 따위가 밀려왔다. 그래도 무엇이든 해야 했다. 나는 책상으로 돌아가 방금 본 시험지로 종이비행기를 만들었다. 그리고 창문을 열고 힘차게 날렸다. 뽀다구도 따라 했다. 두 개의 종이비행기는 서로 춤을 추듯 눈 내리는 허공을 빙빙 돌았다.

운동장 위로 우아하게 내려앉았을 때 놀랍게도 수십, 수백 개의 종이비행기가 뒤를 따랐다. 마치 조나단 리빙스턴 시걸을 따라 수많은 갈매기들이 창공으로 날아오르듯이. 아이들이 창문가에 다닥다닥 붙어 종이비행기를 날리고 있던 거였다. 시험지로 만든 것도 있었고, 공책이나 참고서로 만든 것도 있었다. 아름다웠다. 활공하던 종이비행기 하나하나가 시 한 편 한 편이 되어 하얀 눈밭에 내려앉았다.

교문 앞에서 재호가 이 광경을 지켜보고 있었다. 찬우가 재호의 어깨에 팔을 올린 채 이쪽을 향해 손을 흔들었다. 내 눈에서 굵은 눈물이 뚝뚝 떨어졌다. 뽀다구도 울고 있었다. 눈발이 더 거세어졌다.

6

꿈 ★ 은 이루어진다

 기말고사는 일주일이 지난 뒤에 다시 치러졌지만, 학교는 뒤숭숭했다. 종이비행기 사건이 지역 사회에 삽시간에 퍼져나갔다. '영고 OUT'이 찍힌 사진이 지역 신문사에 보도되었다. 도 교육청에서 감사까지 나왔다. 아직 조지기는 나를 호출하지 않았다. 시험 거부 사건의 주동자가 되어 징계위원회에 부쳐진 상태인데도 말이다. 영고 역사상, 시험이 중지되는 초유의 사태가 벌어졌다. 어쩌면 상황이 가라앉을 때까지 기회를 엿보고 있는지도 몰랐다.

 무엇보다 지금 조지기의 신경을 날카롭게 하는 것은 재호와 찬우 문제일 듯싶었다. 결국, 재호는 기말 재시험을 보지 않았고 방학을 앞둔 지금까지도 돌아오지 않았다. 재호의 서울대 합격을 당연시하던 조지기로서는 크게 한 방을 먹은 것이다. 서울권 대학입학 현황을 알리는 현수막에 큼지막하게 들어갈 이름, 그것도 가장 돋보이는 대학 이름 하나가 사라진 것이다.

학생회도 더는 조지기 편이 아니었다. 곧 창단식을 하려고 했던 듣보배 활동도 중단되었다. 조지기에게 학생회는 영고 1,200명의 학생을 통제하는 데에 없어서는 안 되는 조직이었다. 조지기는 찬우를 구슬리기 위해 온갖 정성을 들였다. 수시 리더십 전형을 위해 최고의 스펙을 제공하겠다고 약속했단다. 그러나 찬우는 사건의 원인이 조지기에 있다며 학생부 지시를 보이콧하고 있었다.

"그때 나도 재호를 따라갔어야 했는데…."

유라에게 말했다. 문우림 서점에서였다. 손에는 바람소리 행사를 알리는 포스터가 들려 있었다. 올해 마지막 일요일, 바람소리 재결성식 겸 시 낭송 행사를 열기로 했다. 두 명씩 짝지어 시내를 돌고 있는 중이었다. 공교롭게도 유라와 짝이 되었다. 점원이 사장에게 전화하자 사장이 직접 오겠다고 기다리라고 하던 참이었다.

"대신 너는 종이비행기로 싸워줬잖아? 가장 평화적으로, 하지만 가장 울림 있는 방식으로 말이야. 종이비행기로 아주 조지기를 묵사발 만들어 놨어. 아무래도 재기불능일 듯."

유라의 말이었다. '잊어주자 강릉여중' 사건을 능가하는 상상력의 승리라고 덧붙였다.

"재기불능이라고? 너 뭔가 들었구나."

"응. 엄마가 그러는데, 선생님들은 물론이고 영고 윗분들도 모두 조지기를 이번 사건의 책임자로 몰고 있다고 하더라. 너무 큰 일이라서 선생 중 하나가 희생양이 되어야 한다고."

"조지기가 받아들일까?"

유라가 눈빛을 빛내며 내게 귀를 빌려달라는 시늉을 했다.

"너만 알고 있어. 우리 양 여사에게 말하기를 부장 자리를 내려놓겠단다."

"정말?"

믿기지 않았다. 조지기 성격에 그렇게 호락호락 넘어갈 사람이 아니었다.

"두고 봐."

유라가 팔짱을 낀 채 자신 있는 목소리로 말했다. 뭔가 우리가 알 수 없는 어른들 사이의 문제가 끼어 들어가 있는 듯했다.

"근데 재호는 왜 하필 시험 보는 날을 택했을까?"

나는 화제를 돌렸다.

"아빠와 학교를 동시에 엿 먹일 수 있는 날이잖아. 그걸로 서울대 경영학과는 날아간 거지."

"재호. 곧 돌아오겠지?"

"돌아올 거야."

유라가 말하고 나서 입을 앙, 다물었다. 겉은 태연한 척해도 속은 타들어 가고 있을 것이다. 누구보다도 재호를 응원하고 도움을 주려 했던 유라였다. 재호는 그러한 유라의 마음을 모르고 있는 듯했다. 그렇지 않고서야 유라에게 아무런 연락 없이 서울로 향하지는 않았을 것이다. 자기 안으로 침잠하는 아이, 찬우 외에는 누구도 곁을 내줄 것 같지 않은 아이.

"그래, 재호의 자리는 남겨두자."

내 말에 유라가 고개를 끄덕였다. 그때였다. 위층에서 누군가 내려오고 있었다.

"아니, 너희들이 바람소리라고?"

사장이라고 하는 사람이 나타났다. 머리가 하얗게 센 분이었다. 얼굴에 나타난 환한 미소를 보니 한눈에도 우리에게 호의가 있다는 것을 알 수 있었다. 왠지 여고 교장 선생님에 이어 또 한 명의 덤블도어가 되어줄 것 같았다.

"바람소리를 기억하고 계세요?"

"기억하다마다. 매년 두 번씩 행사할 때마다 이렇게 찾아오곤 했는데…."

"행사 때마다요?"

"그래, 시 낭송회였는데 포스터도 붙일 겸, 뼁도 뜯을 겸."

사장님은 익살스러운 표정을 지으며 말했다.

"뼁요?"

"아아, 농담이란다, 농담. 예전에 너희 선배들이 눈이 똘망똘망 해가지고선 부끄러워하면서도 당당한 목소리로 후원금을 부탁하곤 했단다."

조지기가 말했다는 '앵벌이'를 뜻하는 것 같았다.

"그때는 시내에 문화 행사가 있으면 그렇게들 비용을 충당하곤 했어."

"시 낭송에도 가보셨어요?"

"나는 아니고 내 아들놈이 늘 갔었어."

"아드님도 바람소리였어요?"

"아니, 그냥 관객으로 갔었어."

"그럼 시인이나 독자로서요?"

"아니, 걔가 뇌성마비에 지적 장애가 있었어. 녀석이 어느 날부턴가 시낭송회나 음악회, 전람회 같은 데를 다니지 않겠어? 그때는 속초 시내에서 작긴 했지만 그런 게 자주 열렸어. 아들 녀석은 포스터나 현수막이 보이면 꼼꼼히 수첩에 적어놨다가 찾아가곤 했지. 살짝 자폐도 있어서 이유 없는 집착을 하곤 했어. 그 집착의 한 형태가 문화 행사를 다니는 거였어. 문전박대도 당하고 그랬는데 어쨌든 행사가 끝날 때까지 계속 앉아는 있는 거야. 몸을 한없이 꼬고 눈을 되록거리면서 침까지 흘리고…, 청중이나 관람객들은 기겁하며 피했지. 걔 주위에는 사람들이 앉거나 서 있지를 않았어. 딱해 보이기는 했지만 그게 자기의 유일한 낙이니 내가 어찌 말릴 수가 있었겠나. 그런데 바람 소리에 한 번 가보고 나서는 거기만 가는 거야."

"왜요?"

"거기 가서 사람 대접받는 게 뭔지를 안 거야. 바람소리 행사장에 들어서자 자기를 가장 앞자리로 데려가 앉히더란다. 먹을 것과 마실 것도 갖다 주고, 행사가 끝나면 함께 사진을 찍기도 하고, 돌아갈 때는 버스정류장까지 데려다줬다고도 했어. 걔가 그즈음 섬유 근육증이 심해져서 걷는 것이 많이 불편했어. 손도 안쪽으로 오그라들어서 지팡이도 짚지 못했지. 그 탓에 온몸을 파닥이면서 걸어야 했어. 늘 바람소리 행사만 손꼽아 기다렸어. 그러다 그 아이 저 세상 간지 올해로 5년 됐어."

사장님의 눈가에는 눈물이 고여 있었다.

"바람소리는 9년 전에 해체됐어요."

유라도 젖은 목소리로 말했다.

"그래, 기어이 해체된 거구나. 언제부턴가 후원금을 받으러 오지도 않았고 행사도 열지 않아 뭔 일이 있나 보다고 생각은 했지. 그 아이가 많이 섭섭해했어. 그래도 한 6년 전인가 신문을 보다가 바람소리 출신이라는 한 청년이 유명한 문예지로 등단했다는 소식은 접했어. 그 사람 이름이…?"

"이우영."

"아 그래, 그래서 시집을 찾아봤는데 표지에 실린 사진을 보고 후원금을 받으러 오던 그 또랑또랑한 눈망울 중에 하나라는 걸 금방 알아봤어."

"그분이 저번 학기에 우리 학교 와서 강연했어요. 바람소리도 그분 때문에 알았구요."

나는 신이 나서 말했다.

"그러니까 너희들이 바람소리를 다시 만들었다는 거구나."

"네 맞아요. 연말에 정식적으로 재결성식을 가지려구요."

유라와 내가 고개를 끄덕였다.

"너희들 모임 장소는 어디냐?"

우리는 인근 초등학교 운동장 한편의 컨테이너라고 말했다.

"음, 그런 곳은 너희가 있기에는 좋지 않은 곳이야."

사장님은 고개를 젓더니 제안 하나를 했다. 요는 이 건물 4층에 빈 사무 공간이 있는데 그곳을 모임 장소로 쓰면 어떻겠냐는 거였다.

"너희 선배들도 모임 장소 때문에 고생을 많이 했어. 그때는 전교조 사무실을 같이 쓰고 있었는데 학교가 워낙 닦달하는 바람에 결국 그곳을 나왔어. 여기저기 옮겨 다니는 게 안쓰러워 보였지. 로터리 클럽 같은 무슨 무슨 협회 사무실, 신협 강연실, 심지어 학원 강의실 같은 데서 모임을 하곤 했단다. 내가 지금 같은 형편만 되었어도 도와줬을 텐데 말이다."

사장님은 우리를 데리고 4층으로 올라갔다. 교실 두 개만 한 크기였다. 벽 한쪽은 작은 무대가 설치되어 있었다. 모임 장소로 쓰기에는 지나치게 넓고 휑했다.

"문화공간으로 꾸밀 생각이었다. 시민을 위한 강연도 하고 미술전도 하고 등등 말이다. 너희들이 시 낭송을 하기에도 딱 좋은 곳이지."

"하지만 평소에 우리가 쓰기에는 너무 넓은 듯한데요?"

"이리 와 보렴."

사장님은 무대 쪽으로 연결된 문을 열었다. 그곳에 또 하나의 공간이 있었다. 우리 회원들이 모이기에 안성맞춤인 크기였다. 3면 통유리창 너머로 청초호와 동해, 울산 바위가 한눈에 보였다.

"와~"

유라와 나는 환호성을 질렀다.

"이게 우리 모임 장소라구요? 그것도 무료로요?"

사장님이 고개를 끄덕였다.

"너희들이 원하는 대로 이 공간을 꾸며주마."

"정말요?"

"대신 끊기지 말고 20년, 30년 바람소리를 이어가 주었으면 한다."

"그럼요. 사장님도 20년, 30년 후까지 살아계셔야 해요."

유라가 말했다. 백발의 사장님이 머리를 넘기며 웃었다.

☆ ☆ ☆

담임 선생님이 서류 상자 하나를 건네주었다. 방학식 날이었다. 상자 안에는 창단 당시부터 해체까지 7여 년의 바람소리 역사가 담겨 있었다. 거의 매달 출간했던 회지, 일 년에 두 번 열렸던 문학 행사의 팸플릿과 시 낭송집, 수백 장의 빛바랜 사진 앨범, CD에 담긴 동영상 자료 등이 있었다. 이우영 시인이 보내온 것들이었다. 이제 바람소리의 새 주인이 나타났으니 응당 그 자료들도 우리에게 넘기는 것이 맞다고 시인은 덧붙였다.

나는 먼저 사진 자료를 찾아보았다. 이 시인과 담임의 앳된 모습을 찾을 수 있었다. 개 중에서 내가 찾던 사진 한 장을 발견했다. 문우림 서점 사장님 아들 사진이었다. 입을 벌린 채 눈은 허공에 가 있었고 온몸을 배배 꼬듯 손발을 오그린 채 있었다. 회원들 한가운데에서 꽃다발을 든 채였다. 그 사진을 슬며시 빼 두었다. 스캔한 후 예쁘게 출력해서 사장님에게 선물로 드릴 생각이었다. 옆의 뽀다구가 회지를 뒤적이다 탄성을 질렀다. 자기 엄마 시를 발견한 것이다. 뽀다구의 엄마는 바람소리 1기 창단 멤버였다.

명태

여직 어둠이 채 가시지 않은 새벽
아빤 항구로 나간다.

축축한 목장갑

은빛으로 반짝이는 그물과 비린내 나는 모자

그리고 누런 도시락

어제저녁 약속했던

저녁 찬거리 명태 잡으러 간다

뚜뚜뚜…

금방이라도 터질 것 같은

엔진 소리와 함께 떠난다

하얀 입김으로 자신의 손을 비비며

이젠 누렇게 변해버린 눈과

거친 손으로

명태 잡으러 간다

역시 명태요리 식당 사장님다운 시였다. 6~7년 전만 해도 속초는 가히 명태의 도시라고 해도 좋을 만큼 명태가 흔했다. 그런데 97년인가 처음으로 명태 축제가 열리던 해, 거짓말처럼 명태가 사라졌다. 러시아산 명태를 수입해와 겨우 축제를 마쳤을 정도였다. 신기한 것은 어획량이 조금씩 줄다가 사라진 것이 아니라, 약속이나 한 것처럼 그 해를 기점으로 아예 나타나지 않는다는 거였다. 전문가들의 이런저런 진단이 있었지만, 기후 변화 운운할 뿐 명확한 원인을 찾을 수 없었다.

명태가 사라진 자리에는 서울에서 물밀듯 관광객들이 몰려와 돈을 뿌렸다. 돈맛에 도시 전체가 흥청거렸다. 진짜 '속초'가 사라지고 있는 거였다. 그나마 다행인 것은 명태 양식 연구에 박차를 가한다는 소식이었다. 바람소리가 9년 만에 부활했듯이 명태도 조만간 국민 생선으로 돌아올 날이 머지않은 것이다. 그렇다면 속초도 제 모습을 찾을 수도 있을지 모르겠다. 고작 명태가 돌아오고 바람소리가 부활하는 게 무슨 의미가 있겠냐고 묻는다면 나는 나비효과를 말할 수밖에 없다. 작은 몸짓하나가 세상을 바꿀 수 있다는 사실 말이다.

뽀다구가 뭔가 좋은 생각이 난 듯한 표정을 지었다. 엄마 시로 시화를 만들어서 식당 한편에 걸어놓을 거란다. 시화의 사연을 인터넷 카페에 올린다면 더 많은 손님이 찾을 거란다. 자식, 장사 수완도 대단한 놈이었다.

★ ★ ★

"동윤 오빠, 이거 봐봐."

원플 자매가 문을 열고 들어왔다. 행사 준비 관련해서 먼저 온 회원들끼리 이야기를 나누고 있을 때였다. 표정으로 보건대 뭔가 좋은 소식을 물고 온 거였다. 자매의 손에는 신문 하나가 들려 있었다. 강원도에서 가장 많이 읽힌다는 지역 신문이었다. 부모님 병원에 있던 것을 가져왔단다. 함께 있던 회원들이 신문 주위로 몰려들었다. 이우영 시인이 칼럼을 실은 것이다.

생각난다.

속초 시내 곳곳에 횡단 보도용 신호등이 생기기 시작했을 무렵이었다. 문학 서클 합평회를 마치고 돌아오는 도중에 신호등을 만났다. 우리는 차분히 녹색 신호를 기다렸다. 이제 비로소 문화 시민의 한 구성원이 된 것 같은 우쭐한 기분으로 말이다. 그런데 졸업생이었던 한 선배가 빨간불을 무시하고 유유히 도로를 건넌 후 한 마디를 뱉었다.

"차도 지나지 않는데 멍청히 서 있는 것이 우습지 않냐?"

우리는 선배의 뜬금없는 말에 그냥 웃음을 흘렸지만, 다들 무언가 뒤통수를 얻어맞는 느낌이었다. '금지'가 일상이 된 자신의 모습을 희미하게나마 자각했기 때문일 것이다. 그 시대에는 정말이지 하지 말라는 것이 터무니없이 많았다. 차량 통행이 거의 없는 거리에 값비싼 신호등을 설치해 놓고 질서를 강요하듯이, 우리 청소년은 존중해 주어야 할 인격체가 아니라 쓸데없는 것까지 간섭받는 통제의 대상이었다.

당시 내가 몸담은 바람소리라는 문학 서클도 불법단체로 간주되었다. 하지만 우리가 모진 탄압에도 불구하고 모임을 지속할 수 있었던 것은 역설적이게도 '하지 말라'라는 말만 되풀이하는 학교에 대한 불신 때문이었다. 입시 위주의 수업과 비합리적인 학칙, 더구나 폭력이라는 자각조차 없었던 가혹한 체벌. 그때의 학교는 배움과 가르침이 서로 행복하게 교차하는 신성한 장소라기보다는 통제와 억압이 일상화된 감옥 그 자체였다.

최근 영랑 고등학교에서 '종이비행기' 사건이 있었다고 들었다. 학생들이 시험지로 만든 종이비행기를 창밖으로 날리며 시험을 거부한 것이다. 한 학생이 '공'을 소재로 인터넷에 올린 글이 발단이었던 모양이다. 청소년 특유의 재기발랄함이 묻어나오는 글이었다. 학생을 교정 대상으로만 보는 학교 당국과 자기 결정권을 잃어버린 학생들의 무기력한 모습을 잘 풍자하고 있었다. 글을 쓴 학생은 정학 처분을 기다리고 있고, 종이비행기를 날리며 시험거부를 '선동'한 학생은 징계위원회에 넘겨진 상태이다.

새로운 밀레니엄 시대가 도래한 지 오래다. 영고 교사들은 부끄러운 스승으로 제자들에게 기억되지 않았으면 한다. 풍자 글과 종이비행기 사건 같은, 물리력을 행사하지 않는 저항의 형태는 민주 사회의 고귀한 전통이다. 어른들의 괜한 아집으로 아이들의 비판 의식과 창의성을 짓밟지 말아 주었으면 한다. 속히 징계를 철회해야 할 일이다. 아울러 지역 유일의 청소년 문학 단체인 바람소리의 자유로운 활동을 보장해 주길 바란다. 학생들이 이리저리 차이는 공이 아니라, 스스로 공을 차는 주체가 될 수 있도록 우리 모두의 관심이 필요한 때다.

우리는 환호했다. 신문 기사 중에는 지역 문인들의 바람소리에 대한 지지 의견을 다루는 내용도 있었다. 이 시인이 직접 움직인 것이다. 그렇다면 예전에 편지에서 언급한 '줄탁동시'의 시기가 바로 지금인 셈이었다. 그러니까 이우영 시인은 바깥에서 알껍질을 깨고 있는 것이다. 우리가 알을 깨고 무사히 날갯짓을 할 수 있도록 말이다.

"너네 징계 철회는 시간문제네. 그리고 학부모들이 교육부에 민원을 넣었다는데 누구네 부모님이지?"

유라가 고개를 갸웃하며 말했다.

"누구긴 누구? 우리 부모님이지!"

뽀다구가 팔짱을 낀 채 거만한 목소리로 말했다. 아, 바람소리 창단 멤버였다는 뽀다구의 부모님. 그러고 보니 그분들은 이우영 시인의 선배들이기도 했다. 뽀다구가 정학을 당한다는 말을 듣고도 여유를 부리던 이유를 이제야 알 것 같았다.

"학생회도 돌아서니까 조지기가 충격을 받은 거 같더라."

뽀다구가 말했다.

"하긴 요즘 넋 나간 사람처럼 보여."

누군가 동의했다.

"조지기가 너네 담탱이한테 학생부장을 넘긴다더라."

조지기네 반 아이가 말했다.

"우리 담임? 정말로?"

"뭐 뭐라더라, 앙시앵레짐에서 누보레짐으로 가고 있다나 뭐라나 하며 횡설수설하더라구."

"뭔 레짐?"

"구체제에서 신체제로 이행하고 있다는 말, 프랑스 혁명 과정에서 나온 개념들."

걸어 다니는 백과사전 뽀다구가 설명해줬다.

"조지기가 역사 선생은 맞나 보네. 그런 어려운 용어도 쓸 줄 아는 것 보니."

내 말에 모두 키득거렸다. 뽀다구가 한쪽 뺨을 만지며 말했다. 맞는 순간 태양계 행성들을 볼 수 있다는 조지기의 손맛이 떠오른 모양이었다.

"노노노노, 그런 데에는 여자 문제가 걸려 있는 법이야."

유라가 끼어들었다.

"무슨 말이야?"

다들 유라를 쳐다보았다.

"울 엄마가 안 만나주고 있어."

"정말?"

다들 놀란 듯 입을 다물지 못했다. 다들 조지기가 유라 엄마랑 결혼한다고 알고 있었다.

"왜? 이유는?"

"나 때문이야."

유라가 눈썹을 치켜세우며 말했다.

"학생들에게 하는 것을 보면 가족에게도 뻔하지 않겠냐고 따졌거든. 엄마나 나에게 그 손이 날아온다고 생각하면 끔찍해."

유라가 새침한 표정을 지었다. 솥뚜껑 손, 나도 동감이었다.

"그래서?"

"뭐가 그래서야? 양 여사한테 말했지. 조지기를 택하든지, 나를 택하든지."

"너를 택했구나."

유라는 고개를 끄덕였다.

"그럼 조지기가 나를 부르지 않은 것도 그렇고, 우리 담임한테 학생부장 자리를 넘겨준다는 것도 다 그 이유 때문이라는 거야? 너랑 너희 엄마에게 잘 보이려구?"

내 목소리는 어딘가 신나 있었다. 일이 잘 풀릴 거라는 예감 때문이었다.

"뭐 100퍼센트까지는 아니더라도 한 50퍼센트?"

"그럼 나머지 50퍼센트는?"

"바람소리가 보여준 시 정신이랄까?"

"야야, 좋은 말 자꾸 쓰면 닳아 버린다고 여기 회장님께 말씀하셨다."

뽀다구가 나를 가리키며 말했다. 다들 웃었다.

7 거인 어깨 위에 올라탄 난쟁이

간병인과 교대를 하고 나서 시청으로 향했다. 밤에 할머니가 잠든 사이 바람소리의 회원 현황과 활동 기록, 모임 장소 등 청소년 단체로 인정받기 위한 증빙서류를 정리했다. 문화관광과라는 부서를 찾아 해당 공무원을 찾았다. 증빙 서류로 가져간 이우영 시인의 칼럼을 보자 담당 공무원의 얼굴이 환해졌다. 이 시인을 잘 알고 있다는 거였다. 이분도 혹시 옛 바람소리 선배가 아닌가 하는 생각이 들었다. 이 시인의 마을 친구라고 했다. 역시 좁디좁은 도시였다. 한 사람 건너면 다 아는 사이였다.

그는 이 시인에게 사과해야 할 일이 있다고 했다. 초등학교 시절 고아와 다름없는 이 시인의 처지를 두고 많이 놀렸었다고, 화 한번 내지 못하고 울어버리는 모습이 재미있어서 만나기만 하면 그렇게 했다고, 철이 들고 나서 가끔 그때 일을 생각하면 너무 괴로웠다고 했다. 한 번쯤 만나 진심으로 사과하고 싶다고 말했다. 나는 마침 가방 속에 있던 이 시인의 시집을 꺼내서 건넸다. 시로 먼저 이 시인을 만나보는 게 좋을 것 같다고 말했다. 그는 무슨 경전이라도 되는 듯이 두 손으로 고이 받았다.

덕분에 일은 순조롭게 끝났다. 문화 단체로 인정받는 것은 어려운 일이 아니라고 했다. 지속해서 지원을 받을 수 있도록 자신이 직접 서류를 몇 개 더 꾸며서 제출하겠다고 했다. 나는 고맙다고 연신 머리를 조아렸다. 이 시인의 흔적이 속초 곳곳에 남아 바람소리를 돕고 있었다. 시청에서 정식 허가를 받아 놓으라는 아이디어는 담임 선생님이 냈다. 그렇게 하면 교장을 비롯한 윗분들을 안심시키는 데 도움이 될 거라고 했다.

담임은 정말 학생부장이 되었다. 학교는 많은 부분이 바뀌었다. 첫 번째는 교실마다 투명 창을 불투명하게 코팅했다는 점이다. 덕분에 학생이든 교사든 누군가에게 감시받는다는 느낌에서 벗어났다. 두 번째는 자율 학습 시간에 책이나 신문 읽는 것이 허용되었다. 담임은 원래 자율 학습과 우월 반을 폐지하자고 주장

했지만 받아들여지지 않은 모양이었다. 세 번째로 바뀐 것은 전면적인 체벌 금지가 시행되었다. 그 외에도 두발 제한이 풀렸고 자율 학습 시간이 축소되었으며 교외 서클 활동이 보장되었다.

어쩌면 그것도 나비효과 같은 것인지도 몰랐다. 바람소리를 부활시키겠다는 작은 노력이 '여고 행동의 날', '학교 홈피 필화 사건', '시험 거부 사건' 등을 연달아 낳았고 급기야 15년 조지기의 아성을 무너뜨렸다. 물론, 거기에는 옛 바람소리 선배들의 힘이 컸다. 해체된 후 9년간 이미 흩어지거나 사라졌다고 믿었던 그 힘들이 실은 어디 가지 않고 여전히 남아 우리의 든든한 우군이 되어주었다. 이를테면 우리는 거인의 어깨 위에 탄 난쟁이라고 할 수 있었다. 덕분에 우리는 거인보다는 조금 더 먼 곳을 볼 수 있게 되었다.

"이보우, 학생!"

시청 현관을 나서려는데 누군가가 나를 불렀다. 뒤돌아보니 청소 아주머니가 서 있었다. 급히 청소 도구를 내려놓고는 내게 다가왔다.

"학생이 바람 쐬닌가 뭔가라는 데 회장 맞나?"

말에 낯선 억양이 섞여 있었다. 중국 동포가 쓰는 말투였다.

"바람소리요?"

내가 고개를 끄덕이며 물었다.

"뭐 바람 쐬러? 아무튼 내 아들이 철민이야, 양철민이…."

그러니까 이 아주머니는 랩스타의 어머니였다. 랩스타가 중국 관광객들과 능숙하게 대화를 주고받았던 이유를 알 수 있었다. 어머니가 중국 동포였던 것이다. 나는 꾸벅 인사를 했다.

"철민이가 늘 일요일에 바람 쐬러 간다고 했거든."

나는 터져 나오려는 웃음을 겨우 멈췄다. 바람소리 간다는 말을 바람 쐬러 간다는 말로 잘못 알아들었던 모양이었다.

"아까 박 과장님이랑 얘기 나눌 때 보니까 바람 쐬니, 바람 쐬니 하더라니까. 그래서 척 알아봤지 우리 철민이 친구라는 거. 암튼 이거 몇 푼 안 되지만 좀 받아."

아주머니는 몸뻬 주머니 깊은 곳에서 꼬깃꼬깃한 지폐 몇 장을 꺼냈다. 내가 몸을 빼자 다짜고짜 점퍼 주머니 안에 넣어주었다.

"받아둬, 내가 고마워서 그래. 그 아가 요즘 통 마음을 못 잡고 있었거든. 우리 집안 형편이 말도 못 해. 걔 아빠가 당뇨합병증이 와서 일을 못 해. 몇 번 집도 나가고 학교도 그만둔다 어쩐다 하더니 요즘 마음잡은 거 같아. 바람 쐬러 간다는 게 그 뭐냐 시를 쓰러 다니는 것이었더구먼. 그 아 담임이 말해 줬어."

"철민이가 잘 해서 그렇죠. 우리가 오히려 고마워요."

실제로 나는 랩스타가 고마웠다. 인문계 아이들 사이에서도 전혀 주눅 들지 않고 묵묵히 자기 일을 해내고 있었으니까. 사실, 종이비행기 사건의 발단은 랩스타의 「공」이었다. 뽀다구가 그 시에서 자극을 받아 학교 홈페이지에 글을 올렸고, 그것을 받아 재호가 '영고 OUT'을 외칠 수 있었으며 그 덕분에 우리가 종이비행기를 날릴 수 있었다. 나는 점퍼에서 돈을 꺼내 아주머니에게 다시 건넸다.

"아니다. 그래도 다른 애미들처럼 뒷바라지도 못 해 줬는데 이 정도는 해주고 싶다. 얼마 안 되지만 이 돈으로 느이 모임하는 데 뭐라도 써주면 좋겠다. 맛 나는 것 사 먹어도 되고."

아주머니가 내 손을 꼭 잡으며 말했다.

"아이고 똑똑하게도 생겼지. 니 잘 되면 우리 아 나중에 잊지 말아라."

"철민이야말로 유명해지면 저를 잊으시면 안 돼요."

"우리 아가 친구들은 잘 사귀었어. 착해서 그래. 원래 아가 순하거든."

나는 고개를 흔들며 동의를 표했다. 나래에 대해 말씀을 드리려다 말았다. 랩스타가 어려운 가정환경에서도 자기 꿈을 잊지 않은 것은 나래의 응원 덕이 컸다. 나보다는 미래의 며느리가 될 나래에게 고마움을 표해야 할 듯싶었다. 나는 꾸벅 인사하고 현관을 나왔다.

★ ★ ★

"갠따로~"

시청 정문을 막 나설 때였다. 유라의 목소리였다. 고개를 돌려 보니 주차장에 중형차 한 대가 들어서고 있었다. 그 안에서 유라가 손을 흔들었다. 차가 서자 운전석에서 웬 뚱뚱한 남자가 내렸다. 놀랍게도 조지기였다. 선글라스를 낀 여자가 조수석에서 내렸다. 반대편 조지기 곁으로 와서는 팔짱을 꼈다. 유라가 뒷좌석에서 내려 내게 오라고 손짓했다.

"우리 엄마야."

내가 다가가자 유라가 말했다. 내가 인사를 했다.

"어머 얘, 네가 동윤이구나. 유라한테 말 많이 들었다."

유라가 '양 여사'라 불렀던 그분이었다. 인근 학교의 남교사들을 쥐락펴락하면서 온갖 정보를 우리에게 흘려주셨던 분. 선글라스를 벗으니 약간은 나이가 들어 보였지만 전체적으로 드라마에서나 볼 수 있는 중년 여성처럼 세련되고 우아했다. 그런데 놀라운 것은 조지기의 태도였다. 꿀이 철철 넘칠 것 같은 눈으로 유라 엄마를 쳐다보았다.

"차동윤이 이제부터 친하게 지내자."

부드럽고 정감이 넘치는 목소리였다. 조지기가 솥뚜껑 손을 내밀었다. 순간 흠칫했지만 얼결에 악수를 했다.

"오늘 혼인 신고하러 온 거야. 이제 정식으로 우리 아빠가 되는 거지. 결혼식은 천천히 하기로 했어."

유라가 조지기의 팔에 팔짱을 끼며 말했다.

"아빠, 이제 학생들 안 때릴 거지?"

유라가 고개를 들어 조지기를 보았다. 참, 아빠라는 말이 잘도 나왔다. 지하에 있는 진짜 아빠가 눈을 번쩍 뜰 것 같았다.

"그럼 그럼, 우리 유라한테 좋은 아빠가 되려면 당연히 그래야지."

거의 우쭈쭈할 분위기였다. 조금은 오글거렸지만 약간은 안심이 되었다. 유라가 조금은 덜 외로워 보였다. 더는 센척하지 않아도 될 것 같았다.

"동윤이 나한테 잘 보여야 한다. 아니면 어림없다."

조지기가 두 눈을 가늘게 뜨며 말했다. 내가 유라를 좋아한다는 사실을 꿰뚫고 있는 듯했다. 유라가 황당하다는 표정을 지었지만 나는 뒷머리를 긁으며 웃었다.

"선생님과 사모님도 우리 문학 행사에 꼭 오셔야 해요. 유라가 피아노 반주 맡은 거 아시죠? 독주도 할 거예요."

내가 말했다.

"당연하지. 우리 유라가 유치원 학예회 때도 우리만 아빠 없는 거냐고 울고 그랬는데, 그게 얼마나 가슴이 아프던지. 이번엔 꼭 가야지, 그럴 거죠?"

유라 엄마가 팔꿈치로 조지기의 옆구리를 쿡쿡 찔렀다.

"그럼 그럼!"

조지기가 고개를 끄덕였다. 젊은 시절 조지기가 바람소리 지지 서명을 했다는 이우영 시인의 편지글이 떠올랐다. 어쩌면 그간 조지기의 행동은 애정결핍으로 인한 일종의 히스테리이지 않았을까. 그러지 않고서는 저렇게 극적으로 변한 모습을 설명할 수 없었다. 일생일대 위기의 순간, 조지기는 무조건 자기편인 사람을 둘이나 얻은 것이다. 한쪽 문이 닫히면 다른 한쪽 문이 열린다더니 참 아이러니한 세상이었다.

그들과 헤어지고 거리로 나왔다. '바람소리 청소년 문학 축제'라고 쓰인 현수막이 공용 거치대에 걸려 있었다. 시 낭송과 시화전, 시극, 랩 공연으로 이루어질 행사였다. 이제 일주일 정도를 남겨놓았다.

★ ★ ★

B612 바람소리 청소년 문학회.

문우림 서점 4층 입구에 걸린 현판 문구였다. 알록달록 망토를 입은 어린 왕자와 바오밥 나무, 장미가 함께 그려져 있었다. 얼마 전 미술부 애들과 함께 작업한 거였다. 사각의 아크릴판에 그림을 넣으니 제법 그럴듯한 현판이 되었다. B612는 어린 왕자가 사는 소행성의 이름이었다.'게토'라는 말은 버리기로 했다. 더는 바람소리를 버림받은 존재로 두어서는 안 된다는 이유에서였다.

문을 열자 회원들이 분주히 오갔다. 할머니 간병인이 늦는 바람에 1시간이나 지나 도착했다. 아빠가 심야 간병인을 쓸 테니 공부나 하라고 했지만 나는 고개를 저었다. 비용도 비용이지만 할머니는 남의 시중을 싫어했다. 24시간 함께 있을 수는 없지만 밤만큼은 괜찮았다. 어차피 자는 시간이 대부분이었다.

"우리 똥강아지, 할미가 어찌해야 이 은혜를 갚을둥?"

할머니가 어눌한 말투로 말했다.

"엄마 오라고 해, 응?"

할머니는 끄응, 하며 뒤돌아 누웠다. 엄마 얘기만 나오면 불같이 화를 내던 예전의 모습과는 사뭇 달라져 있었다. 마음이 바뀌고 있는 거라고 나는 믿었다.

회원들은 자기 일에 여념이 없었다. 한쪽에서는 미술부의 도움으로 시화를 그렸고 다른 한쪽에서는 유라의 피아노 반주에 맞춰 시 낭송 연습을 했다. 무대에서는 연출을 맡은 뽀다구 중심으로 시극 준비가 한창이었다.

시극 대본은 나와 유라, 뽀다구의 공동 창작이었다. 소재는 바리데기 설화였다. 죽어가는 아버지를 위해 생명수를 구해오는 여장부의 이야기. 우리는 생명수를 '시'로, 아버지의 병은 몸의 병이 아니라 마음의 병으로 각색했다. 나래가 주인공인 바리데기를, 랩스타는 바리데기의 남편인 무장승을 맡았다. 나머지 역할은 고1 후배들 몫이었다.

행사 비용 일체는 속초시가 지원해주었다. 덕분에 '앵벌이'는 하지 않아도 되었다. 처음에는 당장 예산 책정이 어려우니 내년을 기약하자며 난색을 표했다. 하지만 우리의 정성 어린 편지에 감동한 시장님이 자신의 판공비를 떼서라도 지원해주라고 했단다. 그분도 한때 문학을 사랑하는 소년이었음이 분명했다.

무대 뒤쪽의 문을 열자 찬우가 나를 기다리고 있었다. 재호 일로 애기 좀 했으면 좋겠다고 하자 자기가 직접 이곳으로 오겠다고 했다. 재호와 연락이 되는 사람은 찬우밖에 없었다.

"일부러 와줘서 고마워."

내가 말했다.

"아니야, 한 번 와 보고 싶었어. 정식으로 사과하고 싶기도 하고…."

"사과?"

"조지기 꼬붕이 돼서 너희들 괴롭힌 것."

"조지기의 지시를 거부한 것만으로도 충분했어."

"어쨌든 미안했다."

찬우가 멋쩍은 표정을 지으며 머리를 긁었다.

"굿 뉴스가 있어. 재호가 오겠대. 어제 연락했더니 마침 내려올 생각이었다고 하네."

바람소리인들이 다들 원하는 소식이었다. 비록 지금은 서울에 있고 행사 준비에도 참여하지 못하고 있지만, 재호는 바람소리엔 영웅과도 같은 존재였다. 바람소리를 학교로부터 인정받게 해준, 나아가 조지기를 물러나게 해준 장본인이었다. 무엇보다 눈밭 위에 그려진 '영고 OUT'이라는 글자가 우리의 뇌리에 너무도 선명히 박혔다. 그게 아니었다면 내가 날린 종이비행기에 그렇게 많은 학생이 동조하지 않았을 것이다. 물론, 영고 자체가 아니라 영고를 지배하고 있던 불합리의 아웃을 의미한다는 사실을 아이들도 잘 알고 있었다.

"재호 아버지가 알면 어떡하지?"

재호 양육을 두고 재호 아버지와 어머니 쪽이 서로 다투고 있었다. 재호가 속초에 내려온다면 그간의 재호 아버지 행태로 보건대 재호를 잡아둘 것이 뻔했다.

"아버지에게 한 번 더 기회를 주고 싶대."

"그럼 아버지에게 알리고 온다는 말?"

"응, 아버지와 외가의 싸움을 말릴 수 있는 건 자기 하나뿐이라고. 그래서 아버지를 만나러 오겠대."

"재호답다."

"난 재호를 믿어. 걔는 그냥 공붓벌레가 아니거든. 반드시 돌아오겠다고도 약속을 했어."

"종이비행기 사건이 있던 날?"

"응, 터미널에서 한참 이야기를 나눴어. 중3 때 시험지 유출 사건처럼 무책임하게 도망치고 싶지 않다고."

"찬우 너에 대한 미안함도 들어가 있지 않았을까?"

"미안함?"

"자기만 빠져나온 것에 대한 미안함. 아예 시험을 보지 않는 걸로 그날의 비겁함을 씻고 싶었던 것이 아닐까."

"그랬다면 정말 바보 같은 녀석이다. 허벅지의 피멍 얘기를 듣고 나는 이미 재호를 용서했어. 오히려 오해만 쌓으며 재호를 원망한 것이 미안했어."

"그래서 그날 재호를 따라간 거잖아. 시험 성적 따위 생각 않고. 이미 그때 조지기와의 결전도 각오한 거 아니야?"

찬우가 말없이 고개를 끄덕였다.

"재호가 와서 시 낭송을 해준다면 진짜 신나는 오후가 될 수 있을 거야."

"신나는 오후?"

시 낭송집 하나를 꺼내와 재호의 작품을 보여주었다. 시 낭송집 제목이 '신나는 오후'이기도 했다.

"혹 어찌 될 줄 몰라서 일단 낭송집에 재호 작품을 넣었어."

"와, 대단한걸? 랩스타의 '공'만큼이나 울림이 있네."

재호의 시를 읽고 나서 찬우가 말했다. 랩스타의 「공」은 종이비행기 사건 이후 학생들 사이에서 유명해졌다.

"너희 두 명이 함께 낭송하는 건 어때?"

사실 이전부터 생각해오던 시 낭송의 한 방식이었다. 하나의 시를 두 사람이 함께 낭송하는 방식.

"좀 쑥스럽기는 한데, 뭐 나야 오케이."

찬우가 흔쾌히 동의했다.

"헤이!"

내가 흑인식 인사법으로 주먹을 대자 찬우도 주먹을 쥔 채 가볍게 호응해주었다. 바깥에서는 피아노 소리와 함께 합창 소리가 들려왔다. <일요일이 다 가는 소리>라는 노래였다. 이우영 시인이 넘긴 CD의 영상들을 살펴보니 그 노래가 늘 행사 마지막을 장식했다. 행사가 일요일 오후에 끝나기 때문에 선곡된 것 같았지만 그보다는 행사가 끝나고 난 뒤의 아쉬움과 허탈감을 위로하는 노래처럼 보였다.

"들어볼래?"

찬우가 고개를 끄덕였다. 우리는 밖으로 나가 무대 위를 바라봤다. 유라의 피아노곡에 맞춰 아이들이 합창했다.

일요일이 다 가는 소리 아쉬움이 쌓이는 소리

내 마음 무거워지는 소리

그러나 바람소리

사람들이 살아가는 소리 아버지가 돈 버는 소리

내 마음 안타까운 소리

엿장수가 아이 부르는 소리 아이들이 몰려드는 소리

그러나 군침만 도는 소리

두부 장수 짤랑대는 소리 가게 아줌마 동전 세는 소리

하루하루 지나가는 소리

그러나 바람소리

변함없이 들리는 소리 이제는 다 가버린 소리

들리던 소리도 들리지 않네

그 어디서 울리고 있을까

채석장에 돌 깨는 소리 공사장에 불도저 소리

무언가 무너지는 소리

대폿집에 술잔 들이는 소리 취한 사람 젓가락 소리

아쉬운 밤 깊어만 가는 소리

그러나 바람소리

빌딩가에 타이프 소리 엘리베이터 올라가는 소리
모두가 바쁜 그 소리
새마을호 날아가는 소리 자가용차 클랙슨 소리
깜짝깜짝 놀라게 하는 소리

그래서 바람소리

 지금은 엿장수도 두부 장수도 없고 속초에는 채석장도 기차역도 없지만, 왠지 일요일이 다 가는 아쉬움만은 환하게 느껴졌다. 무엇보다 몇 구절만 듣다 보면 누구나 따라 부르기 쉬운 가락이었다. 연습이기는 했지만 제법 흥이 났다. 내용 단위가 한번 끝나면 누군가 추임새처럼 '그러나 바람소리'를 넣었다. 마지막에 '그러나'를 '그래서'로 바꾼 것은 신의 한 수라고 뽀다구가 말했다. 그 덕에 일요일 오후는 아쉬운 게 아니라 '신나는 오후'가 되는 셈이라고 했다.
 "기대된다."
 찬우가 말했다.

"너도 우리 바람소리 들어와라."

찬우를 바라보며 말했다.

"너무 늦지 않았을까?"

"네버, 절대로!"

"좋아, 듣보배 애들 다 데리고 갈게."

듣보배가 바람소리 회원을 채갔던 사실을 상기시키는 것 같았다.

"그럼 인수합병?"

우리는 서로를 보며 낄낄대고 웃었다. IMF 이후로 유행하던 말이었다. 이번 행사도 일요일 오후에 있을 예정이었다. 이제 딱 5일 남은 것이다.

8

모두가 별의 순간

    행사장은 시작 전부터 사람들로 가득했다. 회원들 친구가 대부분이었지만 열 명 중 두어 명은 어른이었다. 이 시인과 뽀다구 부모님을 비롯한 옛 바람소리 선배들은 오래간만에 만난 형제처럼 반갑게 인사를 나눴다. 여고 교장 선생님과 담임 선생님, 그리고 유라 엄마와 함께 온 조지기도 눈에 띄었다. 교장 선생님은 직접 나래가 교장실에 찾아가 초청했다. 알고 보니 두 사람은 친척 관계라고 했다.

    문우림 서점 사장님도 자리를 잡고 앉아 사진을 보며 눈가를 훔쳤다. 바람소리 회원들과 함께 찍은 아들 사진을 액자에 넣어

드린 것이다. 사장님은 하염없이 고맙다는 말만 했다.

  행사는 촛불을 밝히는 것으로 시작되었다. 촛불 오프닝도 옛 바람소리 선배들이 만들어 놓은 전통이었다. 불을 끄자 행사장은 한 치 앞을 볼 수 없을 정도로 깜깜해졌다. 한 3분 정도 지났을 때 촛불 하나가 켜졌다. 관객석에서 작은 탄성이 흘러나왔다. 그 작은 촛불 하나만으로도 어둠이 무력해진 것이다. 세상에 촛불 하나를 켜는 심정으로 선배들은 이 시 낭송을 해왔는지 몰랐다. 하나의 촛불은 세 개가 되고 세 개는 다섯 개가 되며 순식간에 스무 개의 촛불이 무대를 밝혔다. 사회를 맡은 뽀다구가 여는 시를 낭송했다.

  시 낭송 배경 음악은 유라가 맡았다. 전자식 피아노였지만 분위기를 내는 데에는 손색이 없었다. 조지기는 시 낭송이 끝날 때마다 자리에서 일어나 손뼉을 쳤다. 낭송자를 위한 것인지 유라를 위한 것인지 헷갈릴 정도로. 유라의 시 「낡은 벽시계」가 낭송될 때에는 재호가 예의 <네 손을 위한 판타지 바단조>를 연주했다. 실업고 서클인 힙합 그룹과 사물놀이패가 축하공연을 해주었다. 내가 아이디어를 낸 더블 시낭송은 네 팀이 확정됐다. 재호와 찬우, 랩스타와 나래, 원플자매, 그리고 나와 이우영 시인이었다.

재호와 찬우가 나왔을 때는 한동안 여자애들의 환호를 진정시키느라 진땀을 뺐다. 둘 다 훤칠한 키에 조각 같은 외모를 가진 놈들이었다. 무대 위에 서자마자 더욱 빛이 나는 것이, 확실히 우리와는 다른 인종처럼 보였다.

"난 쟤네가 사귀는 사이였으면 좋겠어, 진심!"

뽀다구가 내 귀에 대고 말했다. 행사 감독 역할을 맡은 내가 잠시 사회자 석의 뽀다구 옆에 서 있을 때였다. 재호와 찬우가 둘 사이의 우정과 관련한 짤막한 에피소드를 얘기하고 있는 와중이었다.

"걍 아닥해라~ 마이크 다 들린다."

자신이 사회자라는 것을 잊고 있는 것 같았다.

"짝짓기 경쟁에서 잘난 놈 둘씩이나 아웃되는 거잖아?"

그렇게 말하고는 킥킥대고 웃었다. 못 말리는 놈이었다. 많이 아는 것도 탈이었다. 재호는 어제 B612에 나타났다. 거의 한 달 만이었다. 생각보다 밝은 표정이었다. 아버지를 만나고 오는 길이라고 했다.

집에 들어갔을 때 재호 아버지는 소파에 앉아 눈을 지그시 감고 있었단다. 재호는 옆에 앉아 세 가지 부탁을 드렸다. 첫 번째는 앞으로의 진로를 결정하는 데 자신의 의견을 따라줄 것, 두 번째는 과외를 끊어줄 것, 세 번째는 바람소리 활동을 허락해 줄 것. 세 가지 중 하나라도 들어주지 못한다면 자신은 불편하지만 외가에 가서 살 수밖에 없을 거라고 말했다. 엄마의 치매 증상이 깊어져서 전문 병원에 옮긴 상태라고도 덧붙였다.

재호 아버지는 눈꺼풀만 파르르 떨 뿐 아무런 말도 하지 않았다. 재호는 바람소리 초청장을 테이블 위에 조용히 내려놓고 우리한테 달려왔다고 했다. 찬우와 재호는 보자마자 서로 얼싸안았다. 뽀다구가 흉내라도 내듯이 나를 갑자기 껴안으려다 둘 다 나뒹굴었다. 주위가 웃음바다가 되었다.

얼마나 지났을까? 뒷문이 살짝 열리는 것이 보였다. 한창 재호와 찬우가 낭송하고 있을 때였다. 재호 아버지였다. 무대는 밝고 관객석은 어두운 편이라 유심히 보지 않으면 잘 보이지 않았다. 그렇게 우두커니 서 있다가는 재호가 시 낭송을 끝낼 즘, 뒷문으로 사라졌다. 그 정도면 재호의 세 가지 부탁을 들어주겠다는 뜻이 아닐까. 그렇다면 재호는 속초와 영고와 바람소리를 떠나지 않아도 되는 거였다.

빨간 티셔츠로 깔맞춤 한 한나래와 랩스타의 시낭송은 그간의 분위기와 사뭇 달랐다. 두 사람이 고른 시는 교장 선생님이 감동했던, 함경도 실향민의 슬픔을 노래한 「내 할머니」였다. 나래가 시를 읊으면 랩스타가 플로우를 타며 랩핑을 했다. 랩 가사는 분단 세력에 대한 통렬한 비판이 들어가 있었다. 나래의 섬세하고 부드러운 목소리에 랩스타의 거칠지만 박력 있는 목소리가 어색함 없이 섞여 들어갔다.

"저 수복탑의 모자상을 봐! 저들은 언제쯤 고향으로 가지? 말해봐, 말해줘 봐, 흥!"

랩스타의 마지막 펀치 라인이 장내를 숙연하게 만들었다. 수복탑은 한국전쟁 때 북한 통치에서 벗어난 것을 기념하기 위해 조성된 것이다. 그곳에는 어머니와 어린 아들의 동상이 세워져 있었다. 어머니가 한 손으론 아이 손을 잡고, 다른 한 손으론 보따리를 인 채, 북쪽으로 하염없는 눈길을 주고 있는 모습이었다. 속초의 상징물이나 다름없었다.

두 사람의 시 낭송은 그것으로 끝난 게 아니었다. 랩스타가 손 하나를 까딱하더니 연기와 함께 장미꽃 하나가 나타났다. 그 장미꽃을 받아드는 나래의 모습은 더할 나위 없이 행복해 보였다. 그 오글거리는 장면에 관객석에서는 우~, 하고 질투와 부러움이 섞인 환호성이 터져 나왔다. 두어 번의 단독 시 낭송이 있고 난 뒤 원플 자매 지은이와 지선이 나섰다. 쌍둥이 자매답게 공동으로 창작한 시를 선보였다. 「옥수수 밭길」이라는 제목이었다.

여름이 깊어가면

아침에 해가 한숨에 떠오르듯이

저녁엔 노을도 없이 해가 저문다

밤나무 언덕을 따라가던 옥수수 밭길

날마다 쉼 없이 쉼 없이 자란 옥수수가

이젠 달빛에 밤나무만 한 그림자를 드리워

야속하게 자라버린 옥수수밭 사이로

등이 굽은 할아버지 지나간다

외갓집 늙은 암소의 하품처럼

떨어진 이슬

풀벌레 먹고 지나가는 밤이었다

낭송이 끝나자 박수가 쏟아졌다. 원플 자매의 부모님이 자리에서 일어나 손을 흔들며 환호를 했다. 합평에서도 다뤘지만 대단한 시였다. 속초에 온 지 이제 1년 조금 지났는데 마치 시골에서 나고 자라기나 한 것처럼 자연스럽게 시의 분위기를 만들었다. 토요일마다 부모님과 양양 외갓집에 가서 농사를 짓는다더니 틀린 말이 아니었다. 남들은 모두 서울로 간다는데 정반대의 선택을 한 원플 자매의 부모님이 새삼 존경스러웠다.

자연에 대한 오랜 관찰과 경험이 없으면 나오기 힘든 작품이라고, 자연이야말로 시인의 가장 위대한 스승이라고 뽀다구가 코멘트를 했다. 녀석, 이럴 때는 정말 마흔은 훌쩍 넘은듯한 어른처럼 느껴졌다.

드디어 나와 이우영 시인 차례였다. 무대에 서니 다리가 후들거렸다. 이럴 줄 알았으면 청심환이라도 하나 챙겨 먹었어야 했다. 관객의 얼굴 하나하나를 호박덩이라고 생각해! 어디선가 뽀다구의 속삭이는 말이 들려오는 것 같았다. 뽀다구 말대로 마음을 가다듬으니 조금은 차분해졌다. 낭송할 시는 「소년일기」라는 작품이었다. 이 시인이 쓴 「산골 정류장」에서 영감을 받아 엄마와 함께 지냈던 한 달간의 경험을 바탕으로 쓴 시였다.

하루 종일 코다리를 두들겨 먹던 날이면

바람은 문풍지 사이로 더욱

투명한 울음소리를 냈다

굿하러 간 울 엄마

늘 가지고 다니던 네모난 여행 가방 속엔

내게 줄 사과와 배와 약과가

가득했는데

내일, 아니 오늘 하룻밤만 자면
쪽 찐 머리 울 엄마
그 커다란 가방 들고
직행 버스를 타고 오리라

엄마, 화장을 지우고 벌어온 돈을 세고 있을 즘
나는 껍질도 벗기지 않은 채
과일을 한 입 베어 물고
하얀 이를 드러내 보이리라

 낭송하기 전에 이우영 시인은 이 작품의 의미에 대해 짧게 평을 했다. 수복탑의 모자상만큼이나 슬픈 사연을 지닌, 세상의 가장자리에 놓일 수밖에 없었던 어머니와 아들의 한 시절을 복원한 거라고 말했다. 나는 살짝 목이 메어오는 것을 느꼈다. 내가 말할 차례였다. 준비한 멘트가 있었지만 아무것도 생각나지 않았다. 산골 마을에서 엄마와 살았던 한 달간의 시간이 떠오를 뿐이었다. 그러다가 용기를 내어 말 몇 마디를 뱉었다.

나의 엄마는 무녀라고, 처음에는 부끄러웠지만 더는 아니라고, 엄마의 세계가 시의 세계와 다르지 않다는 생각을 가지게 돼서라고, 애쓰지 않아도 말 없는 것들의 말을 알아듣는 존재가 시인과 샤먼이라고, 나는 간신히 말을 마쳤다. 어두운 관객석에서 웅성거리는 소리가 들려왔다. 역시나 말하지 않는 편이 좋았을걸 하는 후회가 밀려들었다. 그때 이름 모를 피아노곡이 흘러나왔다.

이 시인이 능숙한 목소리로 첫 연을 낭송했다. 두 번째 연은 내 차례였다. '굿하러 간 울 엄마'로 시작되는 연이었다. 입을 열려는 순간 목이 메어왔다. 갑자기 서러움 같은 것이 북받쳤다. 이 시인이 내 어깨를 두드려주었다. 낭송을 이어가려고 어떻게든 울지 않으려 노력했지만 허사였다.

"괜찮아! 괜찮아! 괜찮아…."

관객석에서 들려오는 소리였다. 처음에는 작게 들리더니 이내 전체로 번져갔다. 덕분에 울음은 잦아졌지만 이번엔 눈물이 그치질 않았다. 목멘 목소리로 겨우 2연을 낭송했다. 이 시인이 천천히 3연을 읽고 나서야, 나는 비로소 또렷한 목소리로 마지막 4연을 낭송할 수 있었다.

관객석에서 큰 박수 소리와 휘파람 소리가 들려왔다. 속이 후련해진 느낌이었다. 시는 샤먼의 주술처럼 치유의 힘을 가진 마법의 언어일지도 모른다고 뽀다구가 제법 괜찮은 멘트를 했다. 그런데 정말로 그 시는 마법이 되어버렸다. 관객석에 불이 켜지자 중앙 통로에 휠체어를 탄 아빠 모습이 보였다. 놀랍게도 아빠 뒤에 엄마가 서 있었다. 엄마의 얼굴도 눈물범벅이었다. 아빠가 엄마의 한쪽 손을 꼭 쥐고 있었다. 무대를 내려오자마자 나는 엄마에게 달려갔다. 한참을 안은 채로 있었다.

뒤이어 야심 차게 준비한 코믹 시극 <바리데기>를 선보였다. 바리데기 공주와 무장승이 만나는 장면에서 나래와 랩스타는 과한 스킨십으로 또 한 번 관객의 닭살을 돋게 했다. 서천 서역국에서 가져온 시 한 편을 읽자 다 죽어가던 아버지 오구대왕이 벌떡 일어났다. 왕은 공주에게 왕국을 통째로 넘겨주겠다고 제안하지만 바리데기는 고개를 저었다.

왕국도 명예도 돈도 필요 없고 그저 태백산맥 넘어 금강산 가기 전 푸른 동해를 끼고 있다는 바람소리 시 공화국의 열렬한 시민이 되고 싶을 뿐이라며, 구름을 벗 삼고 바람을 따라 길을 떠나겠다고 말했다.

그러자 무대 밖에서 도포와 삿갓, 지팡이가 날아왔다. 바리데기 나래가 도포를 입고 삿갓을 쓴 채 지팡이를 휘두르자 무장승 랩스타가 반주에 맞춰 삿갓 삿갓 김삿갓, 김삿갓 노래를 불렀다. 나래는 물론이고 시극 출연진 모두가 나와 막춤을 췄다. 그 돌연한 결말에 관객석에서 일제히 웃음이 터져 나왔다.

커튼이 닫히고 얼마 안 있어 회원들이 무대에 올라가 인사를 했다. 박수 소리가 홀을 울렸다. 유라의 반주가 시작되었다. 다 끝난 것이 아니었다. 아직 한 꼭지가 남았다. 우리는 서로 잡은 손을 흔들며 발꿈치로 리듬을 타기 시작했다. <일요일이 다 가는 소리>의 전주곡이 흘렀다.

관객석에서 감탄의 목소리가 터져 나왔다. 그 목소리의 주인공은 옛 바람소리 선배들이었다. 두 손을 입이나 머리에 갖다 댄 채 감격에 겨운 표정을 지었다. 다른 관객들도 박수로 리듬을 만들어 주었다. 이윽고 노래가 시작되었다. 선배들이 모두 일어나 노래를 따라 불렀다. 지난 시절을 추억하듯 너나 할 것 없이 눈물을 흘렸다.

간간이 터져 나오는 '그러나 바람소리'라는 추임새는 어느덧 관객 몫이 되었다. 신입 사원처럼 말쑥한 정장을 차려입은 분, 아이를 업거나 유모차를 끌고 온 분, 장사나 일을 하다가 급히 달려온 분 등 한때는 바람소리의 열렬한 시민이었던 선배들이 나이를 잊은 채 우리와 하나가 되었다.

신나는 오후, 모두가 별이 되는 순간이었다.

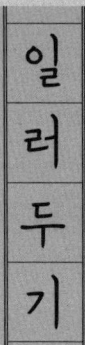

* 소설 속 시 작품의 작자는 완전한 허구의 인물로 실제 지은이와 관련이 없음을 알려드립니다.

* 본문에 소개된 시 일부는 영북 청소년 문학회 《바람소리》 창립 10주년 기념 시집 『우리들의 천사』에 수록된, 고교생들의 실제 작품이며 맥락에 따라 일부 수정, 보완하였음을 알려 드립니다.

....

1부

1장 「내(川)」 - 5기 김유현
2장 「영랑호를 바라보며」 - 3기 최순규
    「신나는 오후」 - 11기 박형환
3장 「낡은 벽시계」 - 11기 박형환
8장 「내 할머니」 - 8기 박영복

2부

4장 「공」 - 9기 최미숙
6장 「명태」 - 7기 정혜진
8장 「옥수수 밭길」 - 10기 김종혁

....

* 프롤로그 '바람의 속삭임'에 나오는 축사는 고(故) 이성선 시인이 바람소리 창단 10주년에 부쳐 쓴 글의 일부임을 알려 드립니다.

* 1부 6장의 소제목 '곡선의 말들'은 김선태 시인의 시집 『살구꽃이 돌아왔다』에 실린 시 제목에서 따왔음을 알려 드립니다.